Die Yacht der sieben Sünden

Der Autor Paul Rosenhayn unternahm nach seinem Jurastudium ausgedehnte Reisen in Europa und Amerika und hielt sich mehrere Jahre in Indien auf. Er schrieb zunächst Beiträge für britische und auch für deutsche Zeitungen. Später veröffentlichte er Kriminalromane, die teilweise großen Erfolg hatten.

In der Buchreihe „Historical Diamond" werden die Juwelen bedeutender klassischer Autoren in einer qualitativ hochwertigen, aber preiswerten Buchausgabe in ungekürzter Fassung neu herausgegeben. Das Themenspektrum umfasst spannende Romane, u. a. historische Romane, Krimis, Fiktion, Abenteuer und Entdeckungsreisen.

HISTORICAL DIAMOND

Paul Rosenhayn

Die Yacht der sieben Sünden

Kriminalroman

Herausgeber
Klaus-Dieter Sedlacek

Band 6

Bibliografische Information Der Deutschen Bibliothek:
Die Deutsche Bibliothek verzeichnet diese Publikation
in der Deutschen Nationalbibliografie; detaillierte
bibliografische Daten sind im Internet über
http://dnb.ddb.de
abrufbar.

Herstellung und Verlag: BoD – Books on Demand, Norderstedt.
ISBN: 9783752886740

I.

Kilian Gurlitt öffnete behutsam, während er scheu nach der Tür spähte, das untere Fach des Schreibtisches und knipste das Kästchen auf. Ohne hinzusehen griff er hinein; kalt und hart fühlte er das Metall in seinen Händen. Dann schlug er die kleine Tür zu, daß es dumpf krachte; erschrocken hielt er inne. Da nichts im Hause sich rührte, ließ er die Waffe spielend in die Tasche gleiten.

Über dem Tiergarten lag der junge Abend. Bogenlampen, aufgereiht in leuchtenden Schnüren, flankierten die große Allee. Die letzten Anzeichen des Frostes waren der Wärme des Vorfrühlings gewichen; nun lag bläulicher Dunst über den dunklen Bäumen, die schon junges Grün ahnen ließen.

Er ging hinüber, quer über die Geleise der Hofjägerallee, hinein in den Tiergarten. Es galt für gefährlich, hier zu gehen; er mußte lächeln bei dem Gedanken. Seltsam, wie alles sich änderte, wie die Perspektive zu den Dingen blitzschnell wechselte, wenn man sie von der anderen Seite betrachtete!

Einen Moment lang blieb er stehen, das schimmernde Bild zu erfassen. Die Konturen der Stadt, fern drüben jenseits der dunklen Alleen, verschwammen im Dunst des Abends. Die Lichter der Straßen gaben der Ferne seltsam geometrische Linien; zur Rechten lief die Tiergartenstraße; das endlose Défilé der Autos, unabsehbar nach rechts und links, führte, ein glühendes Band, vom Kurfürstendamm ins Innere der Stadt.

Ein Schritt klang hinter ihm auf. Er wandte sich um.

Der Herr, der eben aus dem Lichtkreis der Bogenlampen in den dunklen Weg trat, war ihm nicht fremd. Freilich, seltsam genug: auch nicht bekannt. Dieses Gesicht hatte er schon gesehen. Oft. Noch heute. Noch vor kurzem. Er erinnerte sich jetzt: als er heute mittag heimkam, war ihm dieser Herr vor der Tür begegnet.

Von einem unbehaglichen Gefühl erfaßt beschleunigte Kilian Gurlitt den Schritt. Während er, das Gesicht halb zur Seite gewendet, rückwärts blickte, sah er, daß auch der Fremde schneller ging. Gurlitt blieb stehen, öffnete den Mantel, nahm das Zigarettenetui. Der Fremde ging achtlos an ihm vorüber, die Augen geradeaus gerichtet. Gurlitt nahm umständlich eine Zigarette aus der Dose und zündete sie an; dabei bemerkte er, daß der Fremde langsamer ging.

War das Zufall? Er warf das Streichholz fort. Dort war ein Seitenweg, der zu einem unbeleuchteten Innenpfad führte. Vorsichtig bog er zur Linken ein; der Weg lief, parallel der Straße, auf den Kemperplatz zu.

Der Fremde war stehengeblieben. Er sah sich suchend um; dann wandte er den Kopf zur Linken und spähte in das Dunkel hinein.

Gurlitt betrachtete ihn aufmerksam von der Seite. Er war groß, breitschultrig, nicht mehr jung; der blaue Raglan war von fremdartigem Schnitt. Unter dem steifen schwarzen Hut schimmerten graue Schläfen. Der Fremde versenkte die Hände in die Taschen und ging mit plötzlichem Entschluß weiter. Hatte er ihn gesehen? Hatte er die Verfolgung aufgegeben? Oder war das alles ein Irrtum?

Wie wichtig er diese Belanglosigkeiten nahm! So sehr war man verwachsen mit den Nichtigkeiten des Alltags; man spürte die tausend Wurzeln erst, wenn man im Begriff war, sie zu zerreißen.

Während er gedankenverloren dem Wasser zuging, stürmten die Gedanken von neuem auf ihn ein. Was hinderte ihn eigentlich, in diesem Augenblick, an dieser Stelle, in der Einsamkeit des dunkelnden Parks, sein Vorhaben auszuführen? Ein kurzer kleiner Knall, wahrscheinlich würde ihn niemand hören, vielleicht, daß jener Fremde neugierig hinzukommen würde – warum zögerte er noch? Hatte er sich selbst belogen? War in seinem Unterbewußtsein eine Stimme, die abriet? War das alles nur eine Spielerei gewesen, ein Kreisen der Gedanken um die letzten Dinge, ein Kokettieren mit einem heroischen Entschluß, dem seine Nerven nicht gewachsen waren? Für den er zu feige war?

Er senkte den Kopf; unwillkürlich ging er langsamer.

Ja, es war so; dennoch war es nicht so.

Was aber sollte werden? Wollte er in diesem Trott weiterleben, in dieser völligen, erbarmungslosen, unerträglichen Einsamkeit? Seine Arbeitskraft war erschöpft, aufgerieben, zermürbt durch das endlose trostlose Warten; zerschlagen war seine Produktivität, alles war wie ausgetilgt, seine Gedanken waren verdorrt; ausgelöscht war jeglicher erfinderische Gedanke. Er ging in einem starren und trostlosen Gefühl durch den Tag, wie durch eine Wüste – nicht lustig, nicht traurig, nur mit einer grenzenlosen Gleichgültigkeit gegen alles. Das eben war es. Irgendein großer himmelstürmender Schmerz: der raste vorüber, tobte sich aus – machte das Innere bereit für ein neues, tröstendes, freudebringendes Erlebnis. Aber diese dumpfe Apathie war hoffnungslos.

Warum also zögerte er?

Unmittelbar neben ihm scharrte ein Schritt über den Sand. Er wandte sich betroffen zur Seite.

Der Fremde ging an ihm vorüber.

Welch eine ungezogene Zudringlichkeit! Wäre er in anderer Stimmung, er würde den Fremden zur Rede stellen. So ging er der Belästigung aus dem Wege: dort war die Siegesallee; der Fahrdamm war eben frei.

Worauf wartete er noch?

Und dann gab er sich selbst die Antwort. Noch einmal mußte er unter Menschen sein. Noch einmal, im Rahmen einer Stunde, einer Nacht, die Dinge des Lebens an sich vorüberziehen sehen: Lachen. Frauen. Musik. Menschen ... Noch einmal, ehe er das Leben verließ, wollte er es grüßen – so wie jemand zurückwinkt vom Deck des abfahrenden Schiffes.

Ja, das war es. Abschied nehmen; ein Abschied, wie ihn ein Mann von Geschmack, von Kultur, von Diskretion feiern mag: still, lächelnd, mit einem schweigenden Kapitulieren vor dem Unvermeidbaren.

Zum Teufel, was bedeutete das? Auf der andern Seite der Straße ging der Fremde. In plötzlich ansteigendem Ärger ging Gurlitt schnellen Schrittes über die Straße. Ein paar Chauffeure schimpften; warnend kam der Zuruf des Polizisten; gleichmütig überquerte er den Asphalt.

Der Fremde hatte sich umgewandt; mit schnellen Schritten ging er davon, in der Richtung nach der Bellevuestraße.

Mochte er ... Fast mußte Gurlitt lachen, als er dem geschäftig Davonhastenden nachsah.

Nun hatte er wenigstens Ruhe. Er rief ein Auto an.

»Zum Hotel Adlon!«

Durch das kleine Fenster spähte er zurück. Dort, unter der Laterne, stand der Fremde, aufmerksam zu ihm hinüberblickend. Nun hob er die Hand; nun hielt ein Auto ...

Gurlitt lehnte sich achselzuckend in das Lederpolster zurück; eben bog der Wagen zur Rechten ein; dort war schon das Brandenburger Tor. Das altvertraute Bild der Linden tat sich auf: bläuliches Licht lag schimmernd über dem Asphalt, Transparente standen leuchtend gegen den Himmel; schon hielt der Wagen.

Gurlitt blickte sich um; nichts war zu sehen. Dann ging er hinein.

In der Bar saßen gelangweilt-wichtig ein paar Herren hinter Strohhalmgetränken. Der Mixer grüßte ihn mit einem Lächeln in seinem frischen Amerikanergesicht. »Martini?«

Gurlitt nickte und schwang sich auf den unbequemen Bock. Vor ihm, über einer Parade farbiger Flaschen, hing ein Schiffsplakat: das Sonnendeck eines schneeweißen Dampfers, leuchtend von Blumen; dazwischen die Gesichter lachender Frauen.

Der Mixer balancierte kunstgerecht die Zitronenschale über den Glasrand und zog zwei seidenpapierumhüllte Strohhalme aus dem Becher. »Das ist die ›Yoshiwara‹«, sagte er mit einem lächelnden Blick auf das weiße Schiff. »Haben Sie schon von der ›Yoshiwara‹ gehört?«

»Ich glaube.«

»Es ist das schönste Schiff der Welt. Ich kenne es. Ich war früher Steward; die ›Yoshiwara‹ war nämlich noch vor einem Jahr die Yacht des Fürsten von Monaco. Nicht so eine Yacht wie man sie sich sonst vorstellt – ein Vierundzwanzigtausend- tons-Dampfer. Ich glaube, er hat sie gleich bauen lassen, um sie mit Vorteil zu verkaufen. Jetzt hat eine Hamburger Reederei das Schiff. Das wäre etwas für Sie, mein Herr. Ein Kollege hat es mir gezeigt, vor acht Tagen war ich in Hamburg. Es hat den schönsten Tanzsaal der Welt, mit Parquet lumineux, mit Scheinwerfern; es hat ein Theater; die ersten und teuersten Kräfte von New York, London und Berlin sind verpflichtet, für jede Fahrt neue.«

»So, so«, sagte Gurlitt.

»Und die schönsten Frauen der Welt. Das ganze Schiff ist ein Blumengarten. Ja, wahrhaftig: es ist ein schwimmender Palast.«

»So, so«, sagte Gurlitt.

»Wissen Sie, wie man das Schiff nennt?«

»Nein.«

»Die Yacht der Sieben Sünden. Es macht nur ›wilde‹ Fahrten; es ist ein Schiff für Millionäre – und für Hochstapler. Die nächste Fahrt geht, glaube ich, nach Amerika. Nehmen Sie noch einen Cocktail?«

Gurlitt schüttelte den Kopf und legte einen Schein auf den Tisch. »Es ist gut.«

Der Mixer betrachtete die Note erstaunt; auf Gurlitts abwehrende Handbewegung machte er eine tiefe betroffene Verbeugung.

Aus dem kleinen Saal kam Tanzmusik; der scharfe Rhythmus der Jazzband schnitt sich verheißungsvoll in das Stimmengewirr. Ein paar Bekannte grüßten; er ging langsam an den Tischen vorüber; dort war die schlanke Braune; sie grüßte lächelnd herüber. Vor einer Woche noch hätte ihm ihr Gruß ein leises, vielleicht uneingestandenes, Herzklopfen verursacht. Vor einer Woche noch wäre er um das Rund der Tanzfläche herumgeschlendert, um eine Anknüpfung zu suchen; leicht genug wäre es gewesen. Heute, in dieser seltsamen Stimmung, in dieser letzten Stunde, zwischen hier und dort, war alles gleich.

Léonie fiel ihm ein; er schrak fast zusammen. Merkwürdig: ein Mann konnte sich wegen einer Frau erschießen – und dabei das Lächeln einer andern suchen.

Die Braune blickte aufmerksam zu ihm hinüber; er sah an ihr vorbei, fast ohne es zu wollen; dann ging er in den Speisesaal.

Der Kellner begrüßte ihn; er war häufiger Gast in diesen Räumen. »Ein Ecktisch«, flüsterte der Kellner; »ich habe ihn für Sie freigehalten.«

Gurlitt nickte. Er warf einen Rundblick durch den Raum. Der Saal war noch halb leer; ein paar Amerikaner, ruhig, sicher, souverän, saßen an den Tischen

gegenüber dem Orchester. Ihre Frauen, schlank, dekolletiert, mit dem unbefangenen Lächeln der Amerikanerinnen, musterten ihn; er bemerkte, daß sie von ihm sprachen. Eine von ihnen, es war die Schönste, lächelte mit einem halben Lächeln zu ihm hinüber. Dort, schräg rechts, war der Tisch des peruanischen Gesandten; die junge exotische Schönheit mit den großen Ohrringen, die an der Seite des Attachés saß, war eine berühmte südamerikanische Primadonna. An dem kleinen Tisch, nahe dem Eingang zum Ballsaal, saß ein unscheinbar aussehender Herr; er sprach mit dem Geschäftsführer, der sich bei jedem zweiten Wort verneigte. Es war ein ehemals regierender König.

Eben ging die Tür auf; ein großer, dunkler Exote trat ein; zu seiner Rechten eine schlanke, blonde Frau: der Präsident von Venezuela.

Der Kellner brachte den Sekt. Er löste behutsam den Draht und warf ihn mit dem Stanniol in den Kübel; dann drehte er mit einer zärtlichen Bewegung den Korken aus dem Hals und schenkte vorsichtig ein. »Der Herr wünscht nicht zu essen?«

Gurlitt blickte flüchtig auf die Karte. »Bringen Sie mir Natives. Und Welsh Rarebits.«

Der Kellner schenkte ein und verschwand mit einer flüchtigen Verbeugung.

Gurlitt trank das Glas in einem Zuge leer. Welch belebende Macht dieser seltsame Wein hatte! Er spürte noch das Brennen des eiskalten Tranks im Halse; zugleich fühlte er, wie aus der Kälte des rinnenden Weins eine unbegreifliche Wärme aufstieg, die, eine machtvolle Welle, sein Blut erfüllte. Wie frei und leicht plötzlich alles wurde! Alle Dinge waren unbeschwert, die Musik, die durch die pendelnden Glastüren kam, wurde zärtlicher; das Lächeln in den Zügen der Frauen schien ihm mit einem Schlage wärmer, persönlicher.

Er nahm die Flasche und schenkte von neuem ein. Und trank.

Ja, ein paar Glas Sekt: das hatte ihm gefehlt. Die Dinge ergaben sich von selbst, die Hemmungen waren fortgespült, lichter kreisten die Gedanken, alles schien vereinfacht, in die Nähe gerückt. Alles war leicht ...

Nicht leicht genug zwar um ihn vergessen zu lassen, daß dies alles ein Rausch war. Aber leicht genug: für den Entschluß zu der einen letzten einfachen Tat.

Wieder trank er. Und während er das Glas niedersetzte, geschah es plötzlich:

Jemand sagte:

»Herr Gurlitt, nicht wahr?«

Er blickte auf. Vor ihm stand jener Fremde.

»Herr Gurlitt, nicht wahr?«

»Was wünschen Sie von mir?«

»Ich möchte etwas mit Ihnen besprechen.«

»Ich wüßte nicht ...«

»Haben Sie zehn Minuten Zeit für mich?«

Wieder fragte Gurlitt mit einem kühlen Blick in das Gesicht des andern:

» Wer sind Sie?«

Der Fremde, der im Frack war, sagte, während er den Stuhl heranzog:

»Mein Name wird Ihnen zwar nichts sagen. Aber ich begreife schon, daß Sie wissen möchten, wer ich bin. Ich heiße Holger Harrendorf.«

»Sie verfolgen mich seit einer Stunde.«

Der Fremde nickte. »Ja, Herr Gurlitt. Ich ... es ist nicht das richtige Wort. Ich suche Sie. Rund heraus gesagt.«

Der Kellner erschien mit den Austern. Er warf einen fragenden, ein wenig unfreundlichen Blick auf den Hinzugekommenen.

Der wies lässig auf die Sektflasche im Kübel: »Bringen Sie mir dasselbe.«

»Auch Austern?«

»Auch Austern.«

»Auch Welsh Rarebits?«

»Auch Welsh Rarebits.«

Während der Kellner eilfertig verschwand, sagte der Fremde, indem er ihm mit einem halben Blick nachsah:

»Was ich Ihnen zu sagen habe, Herr Gurlitt, ist seltsam genug. Ich würde vielleicht nicht daran denken, mit Ihnen über diese Dinge zu sprechen – aber ich glaube: diese Nacht ist für Sie ohnehin so ungewöhnlich, daß es ..., daß es ...«

»... daß es auf ein bißchen mehr nicht mehr ankommt?« fragte Gurlitt, fast lächelnd.

»Ja, Herr Gurlitt.«

»Woher wissen Sie, daß diese Nacht für mich ungewöhnlich ist?«

Der andere sah ihm ins Gesicht. Langsam hob er die Hand; und indem er seinem Gegenüber in die Augen blickte, sagte er leise:

» Ich weiß alles.«

Gurlitt runzelte die Stirn. »Und woher?« fragte er kurz und scharf.

In das Gesicht des andern trat ein begütigendes Lächeln. »Es steht Ihnen frei, mir diese Unterredung abzuschlagen. Das brauche ich kaum zu betonen. Es steht Ihnen frei, sie mir zu gewähren. Das alles ist in Ihrem Belieben. Sie können jede Frage stellen, Herr Gurlitt – Sie sollen auf jede Frage Antwort haben. Sie werden Fragen stellen. Nur um das eine muß ich Sie bitten: fragen Sie mich nicht, woher ich das weiß – was ich weiß. Diese eine einzige Frage, Herr Gurlitt, kann ich Ihnen nicht beantworten.«

Der andere zuckte die Achseln. »Das ist ein schlechter Scherz.«

Harrendorf schüttelte leise, mit einem fast traurigen Lächeln, den Kopf. »Nein, Herr Gurlitt. Das ist kein Scherz. Kein schlechter Scherz. Es ist Ernst. Es ist tödlicher Ernst.«

»Ich wüßte mit dem besten Willen nicht«; Gurlitt nahm ostentativ eine Auster und löste mit dem kleinen Stahlmesser den Bart ...

»Natürlich wissen Sie nicht«, sagte der andere. »Natürlich wissen Sie nicht. Darum eben will ich mit Ihnen sprechen.«

Gurlitt ließ die geleerte Austernschale auf den Teller fallen. »Also meinetwegen ...«, sagte er achselzuckend. »Sie gestatten vielleicht, daß ich dabei weiter esse«

»Bitte.« Der Fremde sah mit leeren Augen in den Saal hinein, an Gurlitt vorüber; während Gurlitt ihn betrachtete, bemerkte er den traurigen Ausdruck in seinen dunklen Augen. Nein, dieser Mann sah nicht aus wie jemand, der einen Scherz vorhatte.

»Ich weiß«, begann Harrendorf leise; »ich weiß, daß Sie seit zwei Monaten auf die Rückkehr Ihrer Frau warten. Daß Sie vergeblich warten; und ich weiß, daß heute die Scheidungsklage gekommen ist.«

»Das wissen Sie? Und woher ...?«

Der andere hob die Hand. »Nicht wahr, Herr Gurlitt, Sie lieben Ihre Frau? Ich begreife, daß Sie sie lieben. Jeder muß es begreifen. Sie waren sehr glücklich miteinander, nicht wahr?«

»Ja«, sagte Gurlitt, fast ohne es zu wollen.

»Ich habe Ihre Frau im vorigen Jahre im Deutschen Theater in London spielen sehen.«

»Wirklich?« fragte Kilian, unwillkürlich interessiert. »Wirklich? Aber woher wissen Sie, daß es meine Frau war? Sie führt als Schauspielerin nicht meinen Namen!«

»Sie nennt sich mit ihrem Mädchennamen: Léonie Storm.«

»Ja«, bestätigte Gurlitt immer erstaunter.

»Ich sah sie zweimal: in einem Stück von Molnar und in einem Drama von Ihnen.«

»Sie erhielt auf die Rolle in meinem Stück einen Engagementsantrag nach Hollywood.«

Harrendorf lächelte. »Dieser Engagementsantrag ist, wenn ich nicht irre, der Grund zu Ihrer Scheidung.«

»Auch das ...«, fuhr der Schriftsteller auf.

»Sie waren gegen die Reise nach Hollywood. Gegen das Engagement. Sie verlangten, daß Ihre Frau bei Ihnen bleiben solle. Es kam zu einem furchtbaren Streit. Schließlich erklärten Sie Ihrer Frau, daß Sie als Ehemann das Bestimmungsrecht hätten – und daß Sie die Erlaubnis für Hollywood einfach verweigerten.«

»Mein Gott!«

»Sie sehen, jede Einzelheit ist richtig. Ich begreife, daß ein Mann, der seine Frau liebt, so handeln kann wie Sie. Daß er zugleich stolz auf ihren Ruhm sein – und dennoch eifersüchtig auf jeden sein kann, der sie auf der Bühne oder im Filmatelier mit seinen Blicken streicheln darf.«

Gurlitt nickte. »Ich kann auch meine Frau begreifen«, sagte er. »Damals konnte ich es vielleicht nicht – heute denke ich immerhin schon ein bißchen anders. Cecil de Mille hat ihr ein Engagement für drei Filme angetragen: der größte Filmregisseur der

Welt! Ich war dagegen – wie man eben dagegen ist, wenn man liebt, gegen alles, sinnlos, ohne Überlegung. Nach jenem furchtbaren Auftritt ist sie abgereist: am nächsten Mittag, als ich heimkam, war sie fort.«

»Und haben Sie nicht versucht, sie umzustimmen?«

Gurlitt machte eine trostlose Handbewegung. »Eine Woche habe ich gewartet. Dann schrieb ich ihr. Einen ausführlichen langen Brief. Ich schrieb ihr, daß alles ein Mißverständnis sei – daß ich sie noch liebe, daß ich sie mehr liebe als je – und daß ich sie bitte, meine Worte zu vergessen. Sie antwortete nicht.

Ich wartete drei Tage. Vier Tage. Dann schickte ich ein Telegramm. Auch darauf kam keine Antwort. Dann schrieb ich wieder einen langen Brief – ich bat sie, ich bat sie, Herr Harrendorf: das Engagement nach Hollywood anzunehmen: ich würde getreulich auf sie warten, auf meine berühmte, schöne, begehrte Frau.«

»Und Sie erhielten keine Antwort?«

»Keine.«

»Warum fuhren Sie nicht nach Oberhof?«

»Ich wollte es. Ich meldete ein Telephongespräch an. Die Zofe meiner Frau erklärte mir: die gnädige Frau lehne es ab, mit mir zu sprechen. Ich möge nicht kommen: sie würde sofort abreisen. Jeder Versuch sei von vornherein vergeblich.«

»Das sieht fast aus«, sagte Harrendorf, »als ob ein Dritter ...«

Eben erschien der Kellner; er brachte Sekt und Austern.

»Sie haben recht«, sagte Gurlitt. »Als ob ein Dritter ... Inzwischen habe ich es erfahren: Léonie steht im Begriff, einen andern zu heiraten. Einen reichen Mann. Zu heiraten ... oder, man wußte es nicht genau: oder seine Freundin zu ...«

»Hm. Hm.«

»Noch ein paarmal habe ich versucht, sie umzustimmen. Es gibt kein zärtliches Wort, das ich ihr nicht gesagt hätte; ich habe sie an ihre scheuen und verstohlenen Liebesgeständnisse erinnert, an unsere gemeinsamen Reisen – an unsere gemeinsame Arbeit: die junge Frau des jungen Schriftstellers – war das nicht das schönste Fundament einer glücklichen und sonnigen Ehe? Alles war vergeblich. Alles war in den Wind gesprochen. Léonie hat kein Wort der Verzeihung für mich gefunden. Sie ist in ihren Gedanken wohl längst über mich hinweggeschritten zu jenem Neuen. Er kann ihr das bieten, was ich nicht habe: Reichtum.«

»Ja«, nickte der Fremde. »Reichtum.«

»Ich weiß selbst nicht« – der Schriftsteller sah mit einem halben Blick zu Harrendorf hinüber; »warum ich das alles so rückhaltlos mit Ihnen bespreche«; der andere machte eine Bewegung mit der Hand; »aber da Sie ohnehin eingeweiht sind ...«

»Ich muß jetzt«, sagte Harrendorf, »von den Dingen der letzten Tage sprechen. Sie glauben die Trennung von Ihrer Frau nicht verwinden zu können.«

Kilian Gurlitt schüttelt den Kopf. Er stützte die Stirn in die Hand. »Nein«, sagte er leise. »Ich kann es nicht überwinden. Ich kann ohne Léonie nicht leben. Alles ist zerstört; ich kann keinen Gedanken mehr fassen; alles ist leer, phantasielos, meine Worte sind ohne Schwung, alle Erfindungsgabe ist versiegt. Und, was das Schlimmste ist: ich habe nicht mehr den Wunsch, daß es anders werden möge. Ich stehe unaufhörlich vor der Frage: für wen sollst du arbeiten?«

»Ja«, sagte Harrendorf. »Und so haben Sie den Entschluß gefaßt – sich heute nacht zu erschießen.«

Gurlitt ließ die Hand auf den Tisch niederfallen und blickte hinüber zu Harrendorf, der ihn mit ernsten, tiefen Augen betrachtete. »Was wünschen Sie mir zu sagen, Herr Harrendorf?«

Der andere nahm die Flasche aus dem Eiskübel und füllte die beiden Gläser. »Ich weiß, Herr Gurlitt«, sagte er, »daß Sie nicht zu denen gehören, die mit einem solchen Gedanken spielen. Ich weiß es genau. Sie werden die Tat ausführen. Heute nacht werden Sie es tun.«

»Nun ja.« Und in plötzlichem Begreifen fragte Gurlitt: »Haben Sie etwa die Absicht, mich daran zu hindern? Dann muß ich Ihnen sagen, daß Ihre Mühe von vornherein vergeblich ist.«

Wieder blickte ihm der andere ins Gesicht. Endlich, nach einer langen stummen Pause, sagte er langsam:

»Ich habe nicht die Absicht, Sie an Ihrem Vorhaben zu hindern.«

Ein wenig verwirrt murmelte Gurlitt: »Dann weiß ich nicht ... dann weiß ich nicht, welchen Zweck diese Unterredung haben soll.«

Der andere, der fast mit einer leisen Verlegenheit zu kämpfen schien, legte sinnend die Serviette zusammen. »Was ich Ihnen zu sagen habe, Herr Gurlitt, ist nicht mehr und nicht weniger als ein Vorschlag. Sie können ihn annehmen, Sie können ihn ablehnen; das ist selbstverständlich. Der Vorschlag, den ich Ihnen mache, ist, ich sagte es schon, vielleicht das Ungewöhnlichste, was je ein Mensch einem Menschen gesagt hat. Ja, es ist so ungewöhnlich, daß ich mich schon eines Gleichnisses bedienen muß: Wenn jemand in ein fernes und fremdes Land reist, so geschieht es wohl, daß an dem Augenblick, da das Schiff abgehen will, noch jemand erscheint, ein Fremder vielleicht – um ihm einen wichtigen Brief mitzugeben. Oder einen Auftrag. Oder eine Mission. Irgend etwas, was jener Reisende in das ferne und fremde Land mitnehmen soll. Ja, das ist das richtige Wort: etwas mitnehmen.«

Gurlitt richtete sich erstaunt auf. »Sie meinen, ich soll etwas ... in das Jenseits ... mit hinübernehmend?«

Der andere nickte. »Ja. Ein Geheimnis.«

Die Augen der beiden trafen sich. Harrendorfs Blick irrte zur Seite.

»Wollen Sie das tun?«

Wieder sah Gurlitt auf; wieder wich der andere seinem Blicke aus. »Ein okkultes Experiment?«

Harrendorf lächelte und schüttelte den Kopf. »Etwas ganz Reales. Ich muß deutlicher werden. Ein Geheimnis, das Sie mit ins Grab nehmen sollen.«

Gurlitt ballte die Hand auf der Tischplatte; irgendwo, aus dem Unterbewußtsein vielleicht, stiegen seltsame und argwöhnische Gedanken auf. »Ein Verbrechen?« fragte er leise, mehr vor sich hin.

»Können Sie sich vorstellen,« Harrendorf senkte den Kopf, »können Sie sich vorstellen, daß ein ehrlicher und rechtschaffener Mann in eine Zwangslage gerät, aus der es keinen andern Ausweg gibt als ein Verbrechen?«

»Vielleicht.«

»Können Sie sich denken, daß, wenn dieses Verbrechen nicht geschieht, unabsehbares Unglück droht?«

»Was für ein Verbrechen, Herr Harrendorf?«

»Leuchtet es Ihnen ein, daß eine solche Tat moralisch eine Notwendigkeit ist – juristisch indessen ein Verbrechen bleibt?«

Gurlitt hob den Kopf und sah seinem Gegenüber ins Gesicht. » Ein Mord ...?«

»Ja«, sagte der andere leise.

»Ich soll einen Mord begehen?«

Wieder schüttelte jener den Kopf. »Die Tat ist geschehen. Sie sollen sie auf sich nehmen.«

Gurlitt fühlte, daß ihn jemand ansah; er wandte den Kopf; drüben ging Alfons Costa, der junge Komponist. Mit seiner Freundin. Die beiden grüßten lachend herüber; dann ging die Tür zum Tanzsaal auf, ein Tango schmeichelte herüber; pendelnd fielen die Türen wieder zusammen.

»Wer hat den Mord begangen?« fragte Gurlitt.

Der andere sah ihn an, mit einem halben Lächeln, das langsam in einen leeren und starren Ausdruck überging.

» Ich.«

»Sie?« Gurlitt richtete sich auf, abweisend, in einem jähen Erschrecken. »Sie, Herr Harrendorf?« Indem er einen hastigen Blick auf sein Gegenüber warf, setzte er hinzu: » Wer sind Sie?«

Der andere machte eine hilflose Handbewegung. »Was würde es nützen, wenn ich Ihnen jetzt antworten würde: ich bin der Kaufmann Harrendorf aus Hamburg? Oder der Plantagenbesitzer Harrendorf aus Brasilien? Würde das irgend etwas erklären? Ich kann Ihnen nur wiederholen: man hat mich gehetzt, man hat mich in eine Falle gelockt; die äußere Konstellation der Dinge spricht gegen mich, so geschickt hat man es eingefädelt, ich habe jahrelang gegeben und beschwichtigt und gebeten, ich habe mehr getan als ein Mensch wohl sonst tun kann, – aber immer noch hatte ich nicht genug getan; er verlangte alles, mit einem Wort, mit einem Schlage: alles. Da schoß ich ihn nieder.«

Gurlitt schüttelte den Kopf. »Was habe ich mit Ihrer Tat zu schaffen, Herr Harrendorf? Jeder muß für sich einstehen; jeder hat mit seinem Leben genug zu tun, mit seinen Schmerzen, mit seinen Hoffnungen. Nein, ich kann Ihnen nicht helfen.«

Eine lange Pause entstand. Herr Harrendorf ließ seine Augen durch den Saal schweifen, nachdenkliche, kluge, ein wenig müde Augen.

»Vielleicht wissen Sie,« sagte er nach einer Weile, fast flüsternd, »vielleicht wissen Sie jemanden, den Sie glücklich machen möchten. Dem mit einer Geldsumme geholfen wäre?«

»Nein.«

»... haben Sie keinen Freund, dem es schlecht geht, keine Geliebte? Keine alte Mutter? Sie können den Betrag bestimmen.« Harrendorf faßte in die Brusttasche. »Wissen Sie keinen, für den Hunderttausend Mark ein neues Leben bedeuten würden?«

»Nein«, sagte Gurlitt. »Ich will einen ehrlichen Namen hinterlassen.«

Der andere machte eine resignierte Handbewegung. »Dann muß ich um Verzeihung bitten.«

Er erhob sich, zögernd – vielleicht in einer letzten Hoffnung.

»Nein«, sagte Gurlitt.

Der andere ging durch den breiten Mittelgang, wie ein etwas gelangweilter Besucher einer mondänen, im Grunde belanglosen Stätte. Einen Augenblick kam Gurlitt der Gedanke: der dort geht ist ein Mörder – du hast die Pflicht, die Behörden ... Dann, mit einer lächelnden Resignation, begriff er, wie sinnlos alle diese Dinge der Menschen waren, wenn man drauf und dran war, sie von sich zu werfen. Er zog nervös die Uhr – ohne zu erfassen, welche Zeit sie zeigte. Welch ein seltsames Erlebnis das gewesen war! Welch überraschende Episode unmittelbar vor dem Schluß aller Dinge! Ein Mörder ... Welch ein Anerbieten! Was würde Léonie wohl gesagt haben, seine Frau, wenn es bekannt wurde: Kilian Gurlitt ist gar nicht in den Tod gegangen aus Verzweiflung, aus verschmähter Liebe – Kilian Gurlitt ist gestorben, weil er eine schwere Schuld auf sich geladen hatte! Während er diese Dinge zu Ende dachte, erkannte er plötzlich den seltsamen Reiz, der um diese Vorstellungen kreiste. Vielleicht daß Léonie ihre Stirn gefurcht hätte, ihre schöne, weiße, reine Stirn; vielleicht daß diese Tat, die gar nicht die seine war, ihm in ihren Augen ein letztes Relief gegeben hätte! Er mußte fast lächeln über sich.

Dort drinnen war Costa. Alfons, der liebste von allen seinen Freunden.

Er rief den Kellner heran und zahlte. Dann ging er hinüber in den Saal, Costa noch einmal zu sehen.

Eben war ein Tanz zu Ende; Alfons kam mit Rose, seiner schönen Freundin, quer durch den Saal. Er lachte, während er mit ihr sprach. Alfons Costa lachte immer.

Rose war die erste, die Gurlitt bemerkte.

Die beiden kamen auf ihn zu; Costa hatte tausend Neuigkeiten.

»Das ist großartig, daß du kommst! Wir haben da hinten – siehst du, dort – einen kleinen Ecktisch, nein, nicht dort«; wieder lachte er, »da drüben, wo der Kellner eben besorgt Umschau hält. Er glaubt, wir sind verschwunden. Komm mit, wir haben noch etwas Graves in der Flasche.« Schon hängte er sich in den Arm des Freundes; Rose eilte voran.

Wie graziös sie war! Leuchtend hob sich ihr schmaler Hals von dem dunklen Pagenkopf ab. Ein Bohémien aus dem Romanischen Café hatte einmal von ihr gesagt: sie sähe aus wie ein Offenbachsches Allegretto.

Ein Foxtrott klang auf; die Tische lichteten sich. Die drei nahmen Platz.

»Es ist großartig, daß du kommst«; Costa winkte dem Kellner mit den Augen: »Ein Glas – ich habe dir so viel zu erzählen. Ich rief bei dir an, gegen Abend; du warst nicht zu Hause. Wie geht es dir, mein Junge? Hast du Zigaretten bei dir? Komm, gib her, ich bestelle nachher neue. Was macht deine Arbeit? Neulich traf ich übrigens deinen Verleger; er war nicht gut auf dich zu sprechen, du beantwortest seine Briefe nicht, behauptet er. Warum schreibst du ihm nicht? Wie kann man einem Verleger nicht antworten, denk an den nächsten Vorschuß! Was macht übrigens die Geschichte mit deiner Frau? Hast du Nachricht aus Oberhof? Oder schweigt sie noch immer hartnäckig? Wir haben oft von dir gesprochen, die Rose und ich, nicht wahr, Rose? Weißt du, was die Rose gestern sagte? Sie sagte, du würdest dir etwas antun –«, er lacht auf. »Sowas gibt's doch gar nicht. Gell, Kilian? Wegen einer Frau, Kilian! Denk bloß an, was so ein Mädel daherredet. Hier, endlich, da ist es. Stellen Sie nur hierher, Herr Ober. Danke schön, ich schenke selbst ein. Warte. Prosit, Kilian,

du bist mir doch der Liebste von allen! Das war der Rest der Flasche«, fuhr er fort, sich unruhig umsehend. »Man könnte vielleicht ...«

Gurlitt schluckte den Graves herunter und verzog den Mund. »Laß nur. Ober, bringen Sie Sekt. Halbtrocken.«

»Du hast mich noch gar nicht gefragt, warum ich bei dir angerufen habe.«

»Ich dachte, du würdest es mir von selbst sagen.«

Rose lachte. »Wir haben zusammen telephoniert.«

»Natürlich«, sagte Gurlitt. »Daß Alfons etwas ohne Sie täte, könnte ich mir gar nicht vorstellen.«

»Weißt du, was ich dir erzählen wollte? Etwas ganz Großartiges. Du wirst Augen machen. Allerdings, die Sache ist noch nicht spruchreif. Also denke dir: ich habe einen Mäzen gefunden. Nicht so wie man sich das gewöhnlich vorstellt, daß er nun Frühstückskörbe schickt oder mir ein Bankkonto einrichtet – so nicht. Aber doch, wiederum! Es ist mir ja eigentlich viel lieber so: also er setzt sich für mich ein. Er glaubt an mich. Ich habe ihm den ersten Akt meiner Oper vorgespielt, meine ›Insel der Träume‹; Rose hat die Katja gesungen. Er war begeistert. Und da ist es also geschehen.«

»Was denn eigentlich?« fragte Gurlitt.

»Ja so. Du weißt es ja noch gar nicht. Also denke dir: vielleicht hast du schon mal etwas von dem Dampfer ›Yoshiwara‹ gehört.«

»Allerdings. Vor einer Stunde noch. Der Mixer hat mir Wunderdinge von diesem Schiff erzählt. Ich weiß über alle Einzelheiten Bescheid. Eine frühere Yacht des Fürsten von Monaco. Vierundzwanzigtausend tons. Weiß angestrichen. Mit dem Beinamen ›Die Yacht der Sieben Sünden‹.«

»Wenn alles klappt, werde ich auf der ›Yoshiwara‹ Musikdirektor.«

»Musikdirektor – auf einem Schiff?«

»Die ›Yoshiwara‹ ist eben eine Klasse für sich. Zwei Kapellen: eine Jazzband und ein Symphonieorchester.«

»Und welches sollst du leiten?«

»Beide. Das ist es eben.«

Der Kellner kam mit dem Sekt. Costa zog zwei Strohhalme aus dem Behälter und rührte zärtlich erst Roses Glas, dann Kilians Sekt, dann den seinen um. »Wenn das perfekt wird, Kilian –,« er hob mit glücklichem Lächeln das Glas, »dann lade ich dich und die Rose zu unserer ersten Fahrt ein. Auf meine Kosten. Du mußt wissen, die ›Yoshiwara‹ ist kein Schiff; sie ist kein Dampfer, der die Leute von hier nach dort bringt; sie ist ein Märchentraum. Ein Paradies auf dem Ozean.«

»Und wohin fährt sie?«

»Jede Fahrt ist eine Unternehmung für sich. Die nächste Reise geht nach dem Mittelmeer. Denke dir: eine schwimmende kleine Stadt, Licht, Musik, Frauen, Sonne und Meer. Dein Wohl, mein Junge!«

»Ich wünsche dir ...«

»Um Gottes willen! Wünsch mir Hals- und Beinbruch!«

Die drei tranken. Mittendrin rief Costa, indem er hinüberwies: »Dort geht Lucius!« und fort war er.

Die beiden blickten ihm lächelnd nach; er redete eifrig auf einen kleinen stattlichen Herrn ein, der es ein wenig eilig zu haben schien.

»Was will er von ihm?« fragte Gurlitt.

Sie zuckte die Achseln. »Geld«, sagte sie, mit einer Stimme, die ihn aufblicken ließ.

Plötzlich sah er, daß das Lächeln aus ihrem Gesicht geschwunden war.

»Ein Schuldner?« fragte er verwundert.

Rose schüttelte den Kopf.

»Braucht er denn Geld?«

Sie sah ihm ins Gesicht. »Er braucht immer Geld. Wir haben nicht einen Pfennig.«

Er schüttelte den Kopf. Dort drüben stand Alfons, lachend wie immer; seine unverwüstliche Laune schien auch den andern in ihren Bann geschlagen zu haben; jedenfalls war der abweisende Ausdruck aus seinem Gesicht verschwunden.

»Seit drei Monaten sind wir die Miete schuldig. Ich kann nicht mehr das Notwendigste kaufen. Keiner borgt uns mehr.«

Der Zigarettenboy ging vorüber. Er winkte ihn heran und warf dem Jungen ein Geldstück aufs Tablett. »Wollen Sie rauchen?«

»Nein, danke.«

»Nehmen Sie es mir nicht übel, Rose: warum müßt ihr ins Adlon gehen, wenn es so steht?«

In ihrer Stimme stieg ein Schluchzen auf. »Es ist das einzige, was ihm den Lebensmut erhält; wenn er das nicht mehr hat, diese Atmosphäre hier, die Musik, den Tanz, die gutangezogenen Menschen, dann, fürchte ich, ist es ganz vorbei.«

»Und wovon lebt ihr?«

»Er komponiert Chansons. Hier und da ein paar Mark; es reicht immer gerade von einem Tag auf den andern. Wenn er doch nur einmal einen richtigen Auftrag bekäme! Ich meine: etwas was eine größere Summe Geldes einbringt. Er ist doch so begabt, nicht wahr, Herr Gurlitt? Er ist doch der Begabteste von allen!«

»Ja«, sagte Gurlitt. Er wußte nicht, wie es kam; in diesem Augenblick mußte er an den Fremden denken; an jenen Herrn Harrendorf.

»... damit er die Möglichkeit hätte, seine Oper zu Ende zu komponieren. Wenn es ein Erfolg wird – und es wird sicher ein Riesenerfolg – dann wäre er aus allem heraus.«

»Und Euer Mäzen?«

Ihr Gesicht verdüsterte sich; schweigend machte sie eine resignierte Handbewegung.

»Und die Anstellung? Auf der ›Yoshiwara‹?«

»Er kommt«, sagte sie. »Die Anstellung auf der ›Yoshiwara‹ ... Luftschlösser, Herr Doktor. Alfons ist ein Kind: wenn er etwas gern haben möchte, so redet er sich ein, er brauche nur danach zu greifen.«

Costa trat an den Tisch, strahlender als je. »Denkt euch, er hat mir dreißig Mark gegeben. Ich hatte nämlich eine kleine geschäftliche Besprechung mit ihm, mußt du wissen. Komm, wir bestellen noch ...«

»Nein«, sagte Gurlitt, die Brieftasche ziehend. Und indem er einen Blick mit Rose wechselte, setzte er hinzu: »Ich muß sowieso gehen. Ich habe noch zu arbeiten.«

Er zahlte und ging mit schnellen Schritten durch den Saal. In der Tür wandte er sich noch einmal um. Die beiden saßen lebhaft plaudernd an ihrem Tischchen. Roses Miene hatte sich wieder aufgehellt, sie hörte seinem begeisterten Optimismus mit einem lächelnden Entzücken zu, das fast etwas Mütterliches hatte.

Die Tür schloß sich hinter ihm; fröstelnd kam durch den Korridor der kühle Atem der Nacht.

Seltsam, wie klar jetzt alles war! Trotz allem: kein Bedauern, das in ihm aufstieg, kein Gedanke an alles was er zurückließ; nur die letzte alles andere verdrängende Erkenntnis: nun muß es geschehen!

Wer doch diesem armen Teufel Costa helfen könnte! Wieder fiel ihm jener Herr Holger Harrendorf ein. Wie hatte er doch gesagt? »Wenn Sie jemanden glücklich machen möchten – Sie brauchen den Betrag nur zu bestimmen.« Was hinderte ihn eigentlich, Ja zu sagen? Der Wunsch, einen ehrlichen Namen zu hinterlassen? Niemandem war damit gedient, er besaß keine Angehörigen; seine Frau führte ihren Bühnennamen. Vielleicht würde es sogar für sie eine fabelhafte Reklame bedeuten, aber das alles war Unsinn, war belanglos, war nebensächlich. Diesem armen, hungrigen, ewig begeisterten, ewig bedrängten Costa mußte geholfen werden.

Welch eine lächerliche Sentimentalität, daß er abgelehnt hatte! Wenn jetzt Herr Harrendorf vor ihm stände, er würde gewiß nicht Nein sagen.

Aber so war es: immer kamen die richtigen Gedanken zur falschen Zeit. Nun mochte er längst wieder abgereist sein – Gurlitt hatte das Gefühl, daß dieser Mann aus einem fremden Lande gekommen war – innerlich vielleicht immer noch ein bißchen verwundert über den sentimentalen Deutschen, der im Tode noch auf Reputation hielt.

Während er durch die Halle ging, drängte sich ihm plötzlich ein merkwürdiges Gefühl auf. Er wußte auf einmal: in der nächsten Sekunde wirst du diesem Harrendorf begegnen.

Über dem Raume lag die unbehagliche Stimmung, die den Hotelhallen der ganzen Welt um diese Nachtzeit das Gepräge gibt: ein Gemisch aus Nervosität, Hast und Übermüdung. Gruppen standen herum, Damen und Herren in Gesellschaftskleidung, dazwischen hastige Boys. An der Rezeption standen ein paar Engländerinnen, mit dem Clerk eifrig über eine Fahrplanangelegenheit diskutierend. Er ging vorbei, dem Ausgang zu ...

Aus dem Ledersessel zur Rechten erhob sich ein Herr.

Gurlitt wandte den Kopf. Es war Holger Harrendorf.

»Sie sind noch hier?« fragte Gurlitt; er fühlte fast etwas wie Verlegenheit.

»Ich wohne hier.«

Harrendorf reichte Gurlitt die Hand. »Ich weiß, wohin Sie jetzt gehen«, sagte er leise. Und indem er Gurlitt in die Augen sah, setzte er hinzu: »Kann ich noch irgend etwas für Sie tun?«

Gurlitt sah zu Boden. »Ich möchte Sie einen Augenblick sprechen.«

Harrendorf sah sich um. »Dort drüben ist das Schreibzimmer. Es ist leer, glaube ich. Kommen Sie.«

Die beiden traten ein; der Boy knipste das Licht an und zog sich geräuschlos zurück.

»Ich habe mir Ihre Worte von vorhin diese ganze Zeit überlegt«, sagte Gurlitt zögernd. »Ich glaube, daß ... ich weiß zwar nicht, ob Sie Ihr Angebot noch aufrecht halten ...«

»Selbstverständlich. Wenn Sie jemanden wissen, dem eine Freude zu gönnen wäre ...«

Gurlitt nickte. »Ja, Herr Harrendorf. Ich bin einem Freund begegnet. Einem jungen Komponisten. Er ist arm. Er hungert. Mit einem kleinen Vermögen wäre ihm geholfen.«

Der andere faßte nach der Brieftasche. »Sie können den Betrag bestimmen.« Er zog das Portefeuille und schlug es auf; es war gefüllt mit weißen englischen Banknoten. Harrendorf ließ sich in den Sessel nieder, der an dem Doppelschreibtisch stand und wies auf den Stuhl gegenüber. Fast ohne hinzusehen griff er in das Portefeuille und zog mit einer flüchtigen Bewegung eine Anzahl Scheine heraus; dann nahm er ein Kuvert aus dem kleinen Briefständer, faltete die Banknoten hinein und schob Gurlitt den Umschlag hinüber.

Kilian Gurlitt nickte wie in wortlosem Dank und sah erwartungsvoll auf sein Gegenüber.

Harrendorf nahm einen kleinen Oktavbogen aus dem Messinghalter; dann, ihn plötzlich zurücklegend, sagte er:

»Nein. Bitte auf Ihre Visitenkarte.«

Zögernd öffnete Gurlitt die Brieftasche.

»Darf ich Sie bitten, selbst zu schreiben?«

Gurlitt zog den Füllfederhalter und schraubte ihn auf. »Wollen Sie diktieren?«

»Bitte schreiben Sie:

Ich habe den Mord in der Winterthur-Allee 18 begangen: an Stefan Martini. Aus Eifersucht.«

»Aus Eifersucht?« Der Schreibende hielt inne und schüttelte betroffen den Kopf. »Ich kenne keinen Stefan Martini.«

»Selbstverständlich nicht«; der andere hob begütigend die Hand.

»Und ebensowenig meine Frau.«

Harrendorf lächelte. »Begreifen Sie nicht ...? Ein Motiv ... ein plausibler Grund ... Mir liegt daran, daß mit diesem Brief der Fall abgeschlossen ist ...«

»Wer ist das: Stefan Martini?«

»Er hat mich gehetzt bis zum Zusammenbrechen. Es gab keine andere Lösung.«

Gurlitt blickte in einem seltsamen Zwang auf die Hand des andern, die wuchtig auf der Platte des spiegelnden Tisches lag. Das also war die Hand eines Mörders – diese Hand hatte die Waffe geführt, diese Augen hatten das Zusammenbrechen eines ahnungslosen Opfers gesehen. Als ob jener seine Gedanken erriet, sagte er leise:

»Begreifen Sie jetzt, warum ich Sie schreiben ließ: aus Eifersucht? Ich wollte Sie beruhigen. Kein materielles Motiv steht hinter dieser Tat, kein Eigennutz. Nur die Verzweiflung eines Menschen, der sich nicht anders zu helfen wußte.«

Gurlitt sah ihm ins Gesicht. Das dunkle Blau seiner Augen erschien plötzlich glanzlos, die Schläfen waren eingefallen; dieser Mann sprach die Wahrheit.

Er nahm den Halter und unterschrieb mit fester Hand: Kilian Gurlitt.

*

Das Auto kreuzte die lichtschimmernde Friedrichstraße und hielt vor einer dunklen Mietskaserne. Das Haus schien im Schlaf der tiefen Nacht zu liegen; nur aus den Fenstern des vierten Stocks, die geöffnet waren, drang Licht, Musik, Stimmengewirr. Die Haustür stand wie gewöhnlich halb offen. Im Dunkel des Torwegs lehnte ein engumschlunge-

nes Pärchen, das sich auch durch das Aufflammen des Zündholzes nicht stören ließ. Stolpernd tastete er sich bis zum vierten Stock empor. Ein paarmal mußte Gurlitt klingeln. Endlich ging die Tür auf, eine Welle von Gelächter flutete ihm entgegen.

Es waren fremde Gesichter, die ihn empfingen, aber schon kam Rose aus der Küche; Mokkaduft erfüllte den Korridor.

»Doktor!« rief sie, sichtlich erfreut. »Sie finden den Weg nach der Zimmerstraße?«

»Ich suchte Euch im Saal; der Kellner sagte mir, Ihr wäret fortgefahren.«

»Kommen Sie herein. Alfons spielt seine Kavatine.«

Er sah sich um. Der Korridor war leer; die andern, junge Bohémiens, hatten sich zurückgezogen. Er fand das Wort nicht recht, nun, da er ihr im hellen Licht gegenüberstand.

»Ich habe etwas für Alfons ...«

»Warum bleiben Sie hier draußen?«

Er sah, daß sie ihm forschend ins Gesicht blickte; mit einem plötzlichen Aufraffen sagte er:

»Ich habe Eile. Der Wagen wartet. Bitte geben Sie ihm dies.« Damit zog er das pralle Geldkuvert und legte es auf den Spiegeltisch. »Gute Nacht«, er drückte ihr flüchtig die Hand und öffnete die Tür. Während er sie hastig hinter sich zuwarf, sah er, wie Rose, immer noch in unbeweglicher Haltung, ihm nachblickte; deutlich erinnerte er sich, Stufe für Stufe der dunklen Treppe hinuntertastend, ihres verstörten Gesichts.

Die Haustür war noch offen. Er trat auf die Straße hinaus. Das Klavierspiel oben hatte geendet; er blickte hinauf zu den hellen Fenstern; jemand beugte sich hinaus, es war wohl Costa.

Ja, er war es; eben rief er: »Kilian!«

Aber schon schlug die Wagentür hinter Gurlitt zu.

Nun lag das letzte hinter ihm. Er hatte seinen Preis gefordert; er hatte ihn erhalten, in gutem englischen Gelde hatte er ihn bekommen. Er hatte dieses Geld, das ihm nicht mehr nützen konnte, ja, das ihm nicht gehörte – denn es war der Preis für seinen Selbstmord – einem andern ausgeliefert, einem, dem trotz allem das Glück seine Gaben bereithielt; nur war nichts mehr zu tun als das eine.

Was sie wohl sprachen in diesem Augenblick, in der Zimmerstraße? Was für Augen wohl Alfons Costa gemacht hatte beim Anblick des Vermögens, das ihm so plötzlich in den Schoß gefallen war? Wie mochten sie sich die Herkunft des Geldes erklären? Freilich: in Roses Gesicht war ein Ausdruck gewesen, ein wissender, verständnisvoller Ausdruck, der ihn beunruhigt hatte die ganze Zeit. Sie mochte ahnen, was in ihm vorging, was in der Tiefe dieser Nacht Schritt für Schritt auf ihn zukam.

Der Wagen fuhr am Landwehrkanal entlang; dunkel brütete das Wasser zwischen den schweigenden Baumreihen. Der Landwehrkanal: die letzte Zuflucht jener, die keine mehr hatten ... Schon streckte er die Hand aus, um auf den Stoppball zu drücken; aber zögernd ließ er sie wieder sinken.

Der Wagen hielt an der Ecke der Corneliusbrücke; erst jetzt erinnerte er sich, daß er es so gewünscht hatte. Er warf den Schlag zu und ging in das Dunkel der Hitzigstraße hinein. Seltsam, wie schwierig das war – alle Dinge waren auf das Leben gerichtet, kein Platz schien für den, der den entgegengesetzten Weg gehen wollte. Die wenigen Menschen, die ihm begegneten, sahen ihn argwöhnisch an; der Schutzmann dort an der Ecke blickte aufmerksam zu ihm hinüber. Er ging über den Fahrdamm zur Linken, in die Rauchstraße hinein. Eben bog ein Auto, mit Koffern beladen, um die Ecke, überholte ihn; einen Moment schien es ihm, als ob sich ein Frauengesicht an die Scheibe presse, als ob zwei Augen ihn spähend betrachteten. Aber es mußte wohl die Überreizung der Nerven sein, die in allen Spione witterte ...

Hier war sein Haus. Die Stille seines Arbeitszimmers lockte; hier war möglich, was in der lärmenden Nacht dieser Riesenstadt nicht geschehen konnte.

Er knipste das Licht ein und ging die marmorne Treppe hinauf. Nichts im Hause rührte sich; irgendwo in der Ferne schlug ein Hund an. Das Heulen des Windes ging durch die Nacht; plötzlich prasselte Regen gegen die Fensterscheiben. Er schloß die Vorhänge und schaltete die Schreibtischlampe ein.

Dort stand Léonies Bild. Wie reizend sie aussah! Ihre grauen Augen erschienen tiefdunkel unter dem Blond des vollen Haares. Er schob das Bild mit einer unsicheren Bewegung zurück.

In diesem Augenblick klingelte das Telephon.

Er schrak entsetzt zusammen; wie fassungslos starrte er auf den Apparat, dessen Glocke eben zum zweiten Male schrillte. Wer konnte das sein? Wer konnte ihn in später Nacht sprechen wollen? Dann beruhigte er sich selbst: es war sicher Alfons Costa. Ja, ja, Costa war es ... das viele Geld ... dieser unverhoffte Reichtum ... Und während er den Hörer abnahm, wußte er plötzlich ganz genau: daß es nicht Costa war.

Eine Frauenstimme meldete sich. Eine Stimme, die er kannte – bei deren Klang ihm das Herz zu klopfen begann.

»Bist du es, Kilian? Weißt du, wer hier ist?«

»Nein«, antwortete er. Er log: denn er wußte es.

»Hier ist Léonie – hörst du, Kilian? Léonie – ja, ja – ich bin es, deine Frau.«

»Ja«, sagte er mit zitternder Stimme. »Du, Léonie ... Was willst du von mir?«

»Denk dir: ich komme eben mit dem Auto durch die Hitzigstraße, direkt von Oberhof, weißt du; als wir in die Rauchstraße einbiegen, sehe ich dich plötzlich neben dem Auto gehen. Ich habe dir zugewinkt, du hast es nicht gesehen. Bist du überrascht, Kilian?« Und indem ein zärtliches Lachen in ihre Stimme trat, setzte sie fragend hinzu: »Bist du glücklich ...? Warum antwortest du nicht, Kilian?«

Mühsam sagte er: »Ich begreife das alles nicht, Léonie. Ich verstehe deinen Anruf nicht ... Ich weiß, daß du auf die Scheidung wartest – daß du alles daran setzest, dich von mir zu trennen; ich verstehe nicht, warum du mir plötzlich gute Worte gibst. Was soll diese Frage, ob ich glücklich bin? Willst du mich verhöhnen, Léonie?«

Plötzlich ernster werdend, antwortete sie:

»Nein. Es ist etwas anderes. Etwas Furchtbares ist geschehen. Sage mir nur eins: hast du mich noch lieb?«

»Ich habe heute die Scheidungsklage erhalten ...«

Einen Augenblick wurde es still im Apparat. Dann sagte Léonie:

»Komm sofort zu mir. Es ist ganz nahe: in der Pension Scalandrini, Ecke der Lichtenstein-Allee. Komm sofort, hörst du?«

»Ich kann nicht, Léonie.«

»Du mußt kommen. Alles hängt davon ab. Unser beider Glück steht auf dem Spiel; du mußt sofort kommen. Ich erwarte dich.«

*

Die Zofe stand vor der Tür. Sie hatte verweinte Augen; Kilian sah es mit Verwunderung, während er in das helle Licht des Treppenhauses trat. Léonie wartete schon an der Tür ihres Zimmers, das im ersten Stock lag.

Frischer und schöner als je.

Sie zog ihn ins Zimmer und schloß die Tür behutsam hinter sich.

»Laß dich einmal ansehen ... wie blaß du bist, Kilian ... hast du Kummer?«

Er blickte zu Boden. »Warum wolltest du mich sprechen?«

Immer noch sah sie ihm unverwandt ins Gesicht. Langsam ging sie auf ihn zu und griff nach seiner Hand. »Ich hatte das Gefühl, daß heute nacht irgend etwas passieren würde, daß ich keine Zeit verlieren dürfe. Du planst etwas, Kilian.«

»Du sagtest, es sei etwas Furchtbares geschehen.«

»Ja, Kilian. Ein Verrat ist begangen worden. An dir, an mir.«

»Warum hast du auf meine Briefe nicht geantwortet?«

»Das ist es ja eben, warum ich dich sprechen mußte. Man wollte uns trennen!«

»Ich verstehe dich noch immer nicht, Léonie.«

»Du hast mir geschrieben, nicht wahr?«

»Jeden zweiten Tag. Dann: jeden Tag.«

» Ich habe keinen dieser Briefe bekommen.«

»Aber das ist ... das ist doch nicht möglich!«

»Du sollst alles wissen. Ein Mann hat sich um mich beworben; er ist mir nachgereist, nach Oberhof. Eben, als wir uns Berlin nähern, fängt Liselotte an zu weinen. Ich denke, es ist die Freude über das Heimkommen. Aber sie weint immer heftiger – und endlich gesteht sie mir: sie hat einen schmählichen Verrat an mir begangen. An uns beiden, Kilian. Auf Anstiften jenes Herrn hat sie deine Briefe unterschlagen.«

»Mein Gott ...!«

»Brief für Brief hat er ihr gegen hohes Trinkgeld abgekauft. Begreifst du mich jetzt, Kilian?« Sie sah ihm zärtlich in die Augen. »Ich habe doch immer nur gewartet, Tag für Tag. Ich habe gehofft, du würdest mir ein paar Zeilen schicken – nur auf ein freundliches Wort von dir habe ich gewartet. Tag für Tag vergeblich.«

»Warum hast du nicht das erste Wort gesprochen?«

»Immer war ich drauf und dran, es zu tun. Aber: ich war doch die Beleidigte, du mußt es einsehen; an dir war es, das versöhnende Wort zu sprechen. Und schließlich habe ich mich in den Trotz und in den Haß so hineingewühlt – daß ich gar nicht mehr an das Schreiben dachte. Woche um Woche verging, da mußte ich endlich glauben, du habest mich völlig vergessen. Begreifst du das? Aber nun ist alles gut, Kilian. Komm, setz dich. Du zitterst ja vor Müdigkeit, setz dich in diesen Sessel.«

Zögernd ließ er sich nieder, unfähig, ein Wort zu erwidern.

»Ich habe mir alles durch den Kopf gehen lassen. Du hattest recht, Kilian, daß du mich nicht nach Amerika lassen wolltest. Ich bin entschlossen, das Angebot von Hollywood auszuschlagen. Oder, wenn du willst: wenn du willst, fahren wir zwei zusammen nach Hollywood!«

Gurlitt fragte mit dumpfer Stimme:

»Wie heißt der Mann, der so gehandelt hat?«

Sie machte eine Handbewegung. »Wir wollen nicht von ihm sprechen. Es soll sein, als ob diese zwei Monate Oberhof nicht gewesen wären. Hörst du, Kilian?« Sie umschlang ihn mit ihren Armen. »Es soll sein, als ob nie etwas zwischen uns gestanden hätte. Alles soll wieder sein wie früher.«

Er zuckte die Achseln.

»Oder liebst du eine andere?«

Er schüttelte den Kopf.

»Dann ist alles gut, Kilian. Wir werden ein neues Leben beginnen; eine neue Ehe.« Sie trat einen Schritt zurück und betrachtete ihn besorgt. »Du mußt schlafen, ich sehe es dir an. Hast du dich sehr gegrämt meinetwegen? Geh jetzt, Kilian, schlaf dich gesund, träume von unserer Liebe, von unserer glücklichen Zukunft! Morgen, wenn die Sonne wieder scheint, haben wir alles vergessen, was diese letzte Zeit uns angetan hat. Hörst du, Kilian?« – – –

Er ging mit müden Schritten auf die nächtliche Straße hinaus. Das erleuchtete Fenster warf ein helles Rechteck auf den feuchten Asphalt. Er blickte hinauf; oben stand Léonie. Er grüßte; sie stand am Fenster und sah ihm nach, bis ihn das Dunkel der Rauchstraße aufnahm.

Vermochte ein Mensch von Fleisch und Blut dies alles zu fassen? Diesen jähen Wechsel von der Verzweiflung zum Glück? Blitzschnell glaubte er Gesichter an sich vorüberziehen zu sehen: diesen Holger Harrendorf mit den harten blauen Augen – das lachende Gesicht Costas – den forschenden Blick seiner Freundin Rose – wie war doch alles gewesen ... er hatte einen Vertrag geschlossen, er hatte Geld genommen, viel Geld, ein Vermögen; eine furchtbare Schuld hatte er auf sich genommen, freiwillig sich zu ihr bekannt; der Brief war vielleicht schon unterwegs. Nun, mit einem Schlage, war alles sinnlos geworden: das Glück war zurückgekehrt, alle Wolken waren vertrieben vom Wind des jungen Morgens; nun mußte die Sonne aufgehen, nun war alles gut.

Und er hatte sich als ein Mörder bekannt!

Ein Glück nur: er wußte, daß dieser Holger Harrendorf im Hotel Adlon wohnte. Es gab keine andere Möglichkeit, kein Feilschen, kein Paktieren: Harrendorf mußte ihm sein Wort zurückgeben! Sein Geständnis wieder ausliefern!

Dann fiel ihm ein: das Geld ... das Geld, das Costa hatte ...

Nun: er würde Costa alles sagen. Er mußte begreifen, daß es galt, den Preis für das Geständnis zurückzuzahlen. Costa würde ihn nicht im Stich lassen.

Der Entschluß, vielleicht der Gedanke, daß es um sein Leben ging, erfüllte ihn plötzlich mit neuer Kraft. Zum Schlafen war immer noch Zeit – erst galt es, die Dinge zu ordnen.

Zum Hotel Adlon ...!

*

Fern drüben, jenseits des grauen alten Schlosses am Ende der Linden, glomm schon bläuliche Dämmerung. Die Straße lag vor ihm, ein schwärzlicher, schweigender Schacht. Irgendwo lösten sich ein paar fleißige Frühaufsteher aus den dunklen Häusern, verdrossen und feindselig. Das große Haus zur Rechten stand, wie in bewußter Zurückhaltung, lichtlos gegen die Welt ringsum, die langsam zur Arbeit erwachte.

Der Nachtportier sah mißmutig an ihm vorüber; als Gurlitt stehen blieb, musterte er ihn mit einem verachtungsvollen Blick.

»Herr Harrendorf? Ja, der wohnt hier. Was soll's?«

»Ich möchte ihn sprechen.«

Der andere riß die Augen auf. »Jetzt?«

»Jetzt.«

»Sagen Sie mal, ist das Ihr Ernst? Sie verlangen, daß ich Herrn Harrendorf-« er zog die Uhr, »daß ich Herrn Harrendorf um halb fünf in der Frühe aus dem Schlaf stören soll?«

»Sagen Sie Herrn Harrendorf nur: hier wäre Doktor Gurlitt.«

Der Portier blickte, durch Gurlitts Ton unsicher gemacht, auf das Telephon. »Auf Ihre Verantwortung?«

»Selbstverständlich.«

Achselzuckend drückte jener auf den Knopf und nahm den Hörer ab. Ein Summen kam aus dem Apparat, das aufreizend, wie ein seltsamer Fremdkörper, in der völligen Stille stand.

»Er meldet sich nicht.«

»Dann werde ich hinaufgehen und bei ihm klopfen.«

»Das ist ausgeschlossen. Wir können unter keinen Umständen erlauben, daß ein Fremder unsere Gäste mitten in der Nacht stört. Was Sie Herrn Harrendorf zu sagen haben, dürfte schließlich Zeit haben bis morgen früh.«

»Es hat keine Zeit.«

»Warten Sie. Er meldet sich.«

Der verzerrte Widerhall einer Stimme kam aus der Membran.

»Hier ist ein Herr ... er sagt, er muß Herrn Harrendorf sofort sprechen.«

Eine Pause entstand; dann kamen ein paar Worte, offenbar eine Frage.

Der Portier wandte sich um. »Welchen Namen sagten Sie?«

»Doktor Kilian Gurlitt.«

Der Portier wiederholte den Namen ins Telephon; wieder kam eine Antwort.

»Herr Harrendorf sagt, daß er Ihren Namen nicht kennt.«

Kilian mußte fast lächeln. Herr Harrendorf trieb die Vorsicht ein bißchen weit!

»Ob es sehr dringlich wäre?«

»Ich muß ihn sofort sprechen.«

Endlich kam die Antwort. Der Portier wandte sich um:

»Herr Harrendorf erwartet Sie im ersten Stock: Zimmer achtundvierzig.«

Gurlitt ging die Treppe hinauf, Furcht, Zweifel und Hoffnung im Herzen. Noch konnte alles gut werden. Vielleicht hatte Harrendorf den Brief noch in Händen; im allerschlimmsten Falle: man konnte Briefe zurückhalten; noch waren es drei Stunden bis zur ersten Post. Jener mußte begreifen, daß man anderen Sinnes wurde, wenn sich herausstellte, daß alles auf einem Irrtum beruht hatte. Freilich: das Geld ... Nun wohl, er würde Harrendorf freistellen, sofort mit ihm zu Costa zu fahren. Was er wohl sagen würde, der arme Alfons! Ein paar Stunden lang ein reicher Mann – nun war es wieder aus mit der Herrlichkeit!

Dort war die Nummer achtundvierzig. Der Etagenkellner kam herbei, verschlafen, gähnend. Er schien informiert zu sein; er öffnete die Tür und ließ Gurlitt in das Vorzimmer, das offenbar zu Harrendorfs Appartements gehörte, eintreten.

Von nebenan, durch den Spalt der Tür, schimmerte Lichtschein. Ein Geräusch, als wenn jemand hastig Toilette macht. Der Raum war erfüllt von abgestandenem Zigarettendampf.

Dann ging die Tür auf.

Vor Kilian Gurlitt stand ein Fremder.

»Was wünschen Sie?« fragte er, ziemlich unfreundlich.

Unsicher antwortete Gurlitt:

»Ich möchte Herrn Harrendorf sprechen.«

»Der bin ich. Was gibt es?«

»Verzeihung –« Gurlitts Blick wanderte über die Züge des Fremden, über seine Augen, die ihn mißtrauisch betrachteten – »Verzeihung, ich meine: Herrn Holger Harrendorf.«

»Mein Name ist Holger Harrendorf.«

»Aber das ist doch nicht ... das ist doch nicht möglich; ich habe ... heute abend ... in diesem Hotel – vor wenigen Stunden habe ich die Bekanntschaft eines Herrn Holger Harrendorf gemacht, mit dem ich einen seltsamen ... einen Vertrag geschlossen habe, den ich rückgängig machen muß.«

»Zum Teufel,« sagte der andere ärgerlich, »ich bin Holger Harrendorf. Ich sagte es Ihnen doch – Was ist das für ein Mann, der sich meinen Namen beigelegt hat?«

»Ein ... ein ... Ich weiß es nicht ... er hat mir einen großen Betrag ausbezahlt.«

»Hören Sie mal«, der andere richtete sich auf und warf einen Blick auf das Telephon. »Dahinter scheint mir etwas zu stecken, was vermutlich die Behörden interessieren wird. Wer sind Sie? Was für einen Vertrag haben Sie mit diesem Manne geschlossen?«

»Ich sehe ...« Gurlitt merkte, daß er vor Erregung stotterte, »... es muß ein Irrtum ... ich bitte um Entschuldigung ...«

»Dieser Herr Holger Harrendorf ist ein Betrüger. Ich denke, es wird am besten sein, man wird gleich einmal ...« damit griff er nach dem Telephon.

»Nein, nein,« sagte Gurlitt, »ich werde versuchen, jenen andern Holger Harrendorf zu finden. Bitte entschuldigen Sie die Störung.«

Damit schloß er hastig die Tür hinter sich und ging mit schnellen Schritten den Gang hinunter.

Fahles Grau kroch schon über die teppichbelegten Treppen. Gurlitt ging mechanisch, Stufe um Stufe, hinunter; es hämmerte in seinem Blut, in seinem Hirn hämmerte es; alles raste durcheinander, Gedanken, Ängste, die Übermüdung dieser furchtbaren Nacht.

Unten stand der Portier. Er sah ihm argwöhnisch entgegen. Sagte ihm der Instinkt seines Metiers, daß der Mann, der hier an ihm vorüberging, ein schweres und beklemmendes Geheimnis mit sich trug? Hatte Harrendorf vielleicht telephonisch eine Weisung gegeben? Er dankte nicht, als Gurlitt grüßend an ihm vorüberschritt.

Draußen lag fröstelnd die Kühle des frühen Morgens. Gurlitt schlug den Rockkragen in die Höhe; er ging dem Brandenburger Tor zu, unschlüssig, fast ohne zu wissen, was er tat. Nur mit dem einen Gedanken, der ihn erfüllte, der von ihm Besitz nahm, der seinen Körper und seine Sinne durchdrang: in einem Netz gefangen zu sein, aus dem es kein Entrinnen gab – einem Netz, das sich bei jedem Atemzuge, den er tat, fester um ihn schloß.

II.

Das Mädchen stellte, mit einem verwunderten Seitenblick auf seinen Herrn, den dampfenden Mokka auf den Tisch. Gurlitt, der eben ein Bad genommen und sich in aller Hast umgekleidet hatte, nahm die Morgenzeitungen vom Schreibtisch, und während er den heißen Kaffee hinunterstürzte, wandte er suchend Blatt um Blatt. Irgendwo mußte doch der Mord in der Winterthur-Allee auftauchen! Ein solches Kapitalverbrechen warf Wellen auf, die Zeitungen ließen sich dergleichen sicher nicht entgehen. Mit zitternder Hand, mit übernächtigten Augen suchte er weiter.

Es klingelte.

Er schrak zusammen; er fühlte, daß er bleich wurde. Tat der Brief schon seine Wirkung? Die Behörden arbeiteten schnell, das war sicher.

Zum zweiten Male klingelte es: mahnend, ungeduldig. Ganz sicher, das war ein amtliches Klingeln. Er hörte den Schritt des Mädchens auf dem Korridor.

Zum Teufel, war denn nirgends, in keiner von allen Zeitungen, die Rede von dem Mord an Martini? Dann kam ihm ein Gedanke: könnte die Tat vielleicht schon so lange zurückliegen, daß sie die Aktualität verloren hatte? Arbeitete die Behörde vielleicht im stillen? Allerdings, er konnte sich nicht erinnern, den Namen Martini – oder auch nur den Namen Winterthur-Allee – je gelesen zu haben. Aber er war so sehr mit andern Dingen beschäftigt gewesen diese ganze Zeit, daß er sich um die Tagesereignisse kaum gekümmert hatte.

Draußen hörte er die Stimme des Mädchens, ihr antwortete eine zweite Stimme. Merkwürdig, das war eine Frau, die sprach. Er schüttelte den Kopf. Sollte Léonie ...? Aber nein, der Tonfall war heller.

Dann klopfte es. Er öffnete die Tür. Das Mädchen gab eine Karte herein; darauf stand:

Janna Lynd
Dr. juris.

Er sah auf die Uhr: Ein Viertel nach zehn. Während er noch ratlos auf die Karte blickte, ging die Tür auf; herein trat eine junge Dame.

Unschlüssig sah er ihr entgegen. Er machte eine fast verlegene Verbeugung; sie lächelte ein kurzes, nicht unfreundliches Lächeln; sie war blond und hübsch. Da er noch immer reglos stand, wandte sie sich um und schloß mit einer kurzen energischen Bewegung die Tür.

»Herr Doktor Gurlitt ... es ist noch ein bißchen früh ... Sie werden noch nicht so recht auf Besuch gefaßt sein ... Ich weiß nicht, ob Sie meinen Namen kennen?«

Er machte eine höflich entschuldigende Bewegung. »Ich muß gestehen: nein.«

»Das schadet nichts. Wollen Sie mir erlauben, mich zu setzen?«

»Verzeihung –« er schob nervös einen Sessel zurecht.

Sie nahm Platz; ihr frisches junges Gesicht sah weder nach Doktor noch nach Jus aus. Immerhin: da war ein Ausdruck in der Tiefe ihrer blauen Augen, der eine kühle und sichere Intelligenz verriet. Ein weiblicher Untersuchungsrichter? ging es ihm durch den Kopf.

»Herr Doktor Gurlitt ...« Er schrak zusammen; Herr Gott, wie nervös er war! »Herr Doktor Gurlitt, ich möchte mit Ihnen von den Ereignissen der vergangenen Nacht sprechen.«

Betroffen richtete er sich auf. »Darf ich fragen, in welcher Eigenschaft ...«

Von neuem lächelnd, erwiderte die junge Dame: »Sie dürfen beruhigt sein: in keiner behördlichen. Ich möchte nur ein wenig mit Ihnen plaudern.«

Ich werde ihr sagen, daß ich keine Zeit habe, ging es ihm durch den Kopf. Aber dann gestand er sich ein: das würde sie mißtrauisch machen. So sagte er:

»Bitte fragen Sie nur.«

Sie sah ihn an, ruhig, nunmehr völlig sachlich. »Sie waren heute nacht, oder vielmehr heute morgen, bei einem Herrn Harrendorf im Hotel Adlon?«

Ehrlich erstaunt sagte er:

»In der Tat ...«

»Sie erzählten Herrn Harrendorf, jemand habe seinen Namen entlehnt – er habe unter diesem Namen mit Ihnen einen Vertrag geschlossen – auf Grund dieses Vertrages habe er Ihnen eine Summe Geldes ausbezahlt. Stimmt das alles?«

Er nickte verblüfft.

»Dürfte ich Sie um die Auskunft bitten, Herr Doktor Gurlitt, wie diese Dinge zusammenhängen? Sie wollten den Vertrag mit jenem angeblichen Harrendorf rückgängig machen, Sie wollten das Geld zurückzahlen. Der Vertrag muß also so beschaffen gewesen sein, daß es Sie hinterher gereut hat, ihn geschlossen zu haben. Ja, er muß eine Gefahr für Sie bedeuten – und jener falsche Harrendorf muß sich dessen bewußt gewesen sein: denn sonst hätte er keinen Grund gehabt, sich Ihnen unter einem falschen Namen vorzustellen. Es würde mich interessieren, von Ihnen zu erfahren, was Sie mit jenem falschen Harrendorf abgemacht haben.«

Vorsicht! flüsterte etwas in ihm. »Ich könnte die Beantwortung Ihrer Frage ablehnen«, sagte er lächelnd. »Aber ich habe keinen Grund, es zu tun. Heute, jetzt, um diese Stunde, kann ich Ihnen die Wahrheit gestehen: es handelte sich um eine Wette. Um einen Ulk. Was ich Herrn Harrendorf erzählt habe, war ein Märchen, das wir uns bei einem Glas Sekt ausgedacht haben: meine Freunde und ich.«

Sie nickte. »Dann ist es also überhaupt nicht wahr, daß sich Ihnen ein falscher Harrendorf vorgestellt hat? Und es ist ferner nicht wahr, daß Ihnen dieser falsche Harrendorf eine große Summe Geldes ausgezahlt hat?«

»Natürlich nicht.«

»Das klingt begreiflich. Ein Ulk. Darf ich mir noch eine Frage erlauben?«

»Bitte.«

Sie warf einen forschenden Blick in sein Gesicht; dann, indem sie den Blick auf den Teppich heftete, sagte sie leise:

»Was hat es zu bedeuten, Herr Doktor Gurlitt, daß Sie einem Freunde in der Zimmerstraße in dieser Nacht ein Geschenk von Hunderttausend Mark gemacht haben?«

Er erhob sich. »Ich?« fragte er kopfschüttelnd. »Hunderttausend Mark! Einem Freunde in der Zimmerstraße? Das ist völliger Unsinn!«

Auch die junge Dame stand auf. »Das eine ist also ebensowenig wahr wie das andere?«

»Ich sagte Ihnen schon: man hat Ihnen ein Märchen erzählt.«

»Dann freilich«; sie faßte nach ihrer Handtasche, die auf dem Tisch lag und warf einen Blick auf die Uhr. »Man hatte mir in der Tat diese beiden Dinge als Wahrheit, als verbürgte Wahrheit berichtet. Da sieht man, wie leichtfertig die meisten Menschen mit dem Begriff der Wahrheit umgehen. Nicht wahr, Herr Gurlitt?«

»Allerdings«, bestätigte er unbehaglich.

Sie knipste spielend das Täschchen auf. »Und dies?« fragte sie. Damit warf sie ein Bündel Banknoten auf den Tisch.

»Was ist das?«

»Das ist englisches Geld, Herr Doktor.«

Er blätterte unruhig in den weißen Noten; mit freundlichem Lächeln sah sie ihm zu. Dann sagte sie:

»Das ist das Geld, das Sie heute nacht Ihrem Freunde Alfons Costa gebracht haben.«

Er legte die Noten auf den Tisch zurück und wandte sich zu ihr herum.

»Ich will Ihnen erklären, was Sie vermutlich gern wissen möchten, Herr Doktor«, sagte sie. »Es ist in Wahrheit viel harmloser als Sie denken mögen. Ich war diesen Abend im Hotel Adlon. Haben Sie mich nicht gesehen? Ich tanzte mit Alfons Costa. Nachher waren wir alle mit Costa und Rose in der Zimmerstraße. Als Sie kamen, stand ich auf dem Korridor. Sie drückten ihr das Geld in die Hand und verschwanden wieder. Sie sehen, es ist keine Zauberei im Spiel.«

»Das erklärt immerhin noch nicht, woher Sie von der Sache mit jenem Harrendorf wissen.«

»Nun gut –« sie gab sich einen entschlossenen Ruck. »Ich sehe, ich muß Ihr letztes Mißtrauen zerstören. Ich bin nicht von der Polizei; ich bin Journalistin.«

Unwillkürlich ließ er einen Blick über ihre junge, schlanke Erscheinung gleiten.

»Und Harrendorf ...?«

»Mein Gott –« sie lachte hell auf. »Harrendorf, ich meine: der echte Holger Harrendorf ist jener dänische Wirtschaftspolitiker, der zu einem Anleiheabschluß nach Berlin gekommen ist. Ich habe ihn heute früh interviewt. Meine erste Frage war: ›Wie gefällt Ihnen Berlin?‹ Wissen Sie, was er mir geantwortet hat? ›Berlin ist eine merkwürdige Stadt. Heute morgen werde ich aus dem Schlaf geholt; der Portier meldet mir, ein Herr Doktor Gurlitt müsse mich unbedingt auf der Stelle, um fünf Uhr früh, sprechen. Ich lasse ihn heraufkommen – er erzählte mir eine verworrene Geschichte von einem Doppelgänger – und von einer Summe Geldes.‹ Sie werden begreifen, Herr Doktor, daß ich aufhorchte; denn Ihr Name war mir bekannt. ›Gurlitt – Wissen Sie vielleicht, wie der Herr mit Vornamen hieß?‹ frage ich ihn. ›Ja‹, sagt er. ›Der Besucher nannte sich Kilian Gurlitt.‹ Nun wußte ich, daß Sie es waren; den Vornamen Kilian führt außer Ihnen in Berlin kein Mensch. Ich kenne Ihre Arbeiten, Herr Doktor: ich habe alle Ihre Bühnenwerke gesehen, einige sogar zweimal. Was liegt näher, als daß ich hierher gefahren bin, um von Ihnen selbst die Lösung des Rätsels zu erbitten? Was ist das für eine Geschichte mit diesem falschen Harrendorf?«

Gurlitts Blick fiel auf die weißen Banknoten. »Zuvor eine Frage: wie kommen Sie in den Besitz dieses Geldes?«

»Costa fürchtet, daß ein Unglück geschehen ist. Er würde dieses Geldes nicht froh werden. Überdies steht er vor einem großen Engagement: mit dem Acht-Uhr-Zug ist er nach Hamburg gefahren. Er wollte Ihnen das Geld zurücksenden; da habe ich ihn gebeten, es Ihnen bringen zu dürfen. Verstehen Sie? Ich hoffte, daß für mich und für meine Zeitung ›Die Stunde‹ – deren Redaktrice ich bin, Herr Doktor Gurlitt – ein interessantes Interview herausschauen würde. Also ...?«

Er zuckte die Achseln. »Es tut mir leid. Ich kann Ihnen darüber nichts sagen.«

Sie reichte ihm die Hand. »Und ich erkläre Ihnen, Herr Doktor: in drei Tagen werde ich das Rätsel um diesen geheimnisvollen Harrendorf gelöst haben.«

Er öffnete höflich die Tür. »Ich wünsche mir nichts Besseres«, sagte er leise.

»Das ist eine Phrase«, lächelte sie.

»Nein«, erwiderte er. »Das ist weiß Gott keine Phrase.«

Er geleitete sie über den Korridor zur Tür.

Wie siegessicher ihr Gang war! Sie winkte noch einmal mit der Hand zurück; dann schloß sich die Tür hinter ihr. Und während er aufatmend stehen blieb, dachte er bei sich:

Ist das nun eine Feindin ... oder eine Bundesgenossin?

*

Das Auto hielt an der Ecke der Königsallee; Kilian Gurlitt ging die Villenstraße hinunter, die zur Linken abbog. Nummer achtzehn ...

Je näher er dem Hause kam, desto langsamer wurden seine Schritte. Mit berlinischer Akkuratesse reihte sich ein nagelneues Drahtgitter an das nächste; herausgeschnitten aus der Peripherie des Grunewalds standen dunkle Kiefern in Reih' und Glied; hinter ihnen schimmerten neue blitzblanke Villen.

So also sah eine Straße aus, eine Häuserreihe, in deren Mitte ein Mord geschehen war ... Hart und nüchtern blinkten die Fenster im Licht der Mittagssonne; alles war nuancenlos, nirgends schien Raum für Gefühlsmäßiges. Jemand war herausgeholt aus der Reihe der Lebenden, irgendein kaltes und anteilloses Gehirn hatte es beschlossen, irgendeine erbarmungslose Hand hatte die Tat ausgeführt. Märkischer Wind ging kühl und feucht durch saubere und gezirkelte Straßen, die illusionslos waren, strotzend von reinlicher Korrektheit; märkischer Wind, der herüberblies vom Havelländischen Luch, der den Hauch der fernen Wasser mit sich trug und den herben Erdgeruch nebelverhangener Wiesen.

Dort war das Haus. Es lag in der Tiefe des mageren Gartens, durch nichts unterschieden von den Villen rechts und links: glatte, auf Zweckmäßigkeit gestellte Fassade mit glatter, zweckmäßiger Sonnenveranda.

Nichts an diesem Hause erinnerte an das Verbrechen, das diese Mauern gesehen hatten.

Warum war er eigentlich hier? Er mußte lächeln bei dem Gedanken: ein bekanntes Wort behauptete, daß es den Mörder immer wieder an den Ort der Tat ziehe. So sehr hatte er sich schon eingelebt in die Vorstellung, Stefan Martini ermordet zu haben, daß die seelischen Verwirrungen eines Mörders von ihm Besitz ergriffen hatten ...

Niemand hatte ihm Näheres über diese Tat sagen können. Das hatte seine Unruhe von Stunde zu Stunde vergrößert. Nun war er zum Letzten entschlossen: an Ort und Stelle, unter allen erdenklichen Vorsichtsmaßregeln, Erkundigungen einzuziehen über das Wie und Wann.

Dort blinkte das Messingschild: Stefan Martini.

Eben kam ein Gärtner den Kiesweg herunter. Er ging zum Gartentor und blickte aufmerksam die Allee hinunter. Dann hob er den Sperriegel aus der Verankerung und öffnete die beiden Flügel des Tores. Ein Auto kam aus der Königsallee und bog zur Linken ein; der Gärtner grüßte.

Der Herr, der im Fond des Autos saß, mochte in der Mitte der Vierzig stehen. Er war dunkelhaarig, mit dunklen Augen; die glattrasierten Wangen schimmerten bläulich.

Das Auto hielt; der Herr stieg aus und zog ein Schlüsselbund; er winkte dem Gärtner ab. Der Wagen fuhr den Weg hinunter, offenbar zur Garage.

Wer war dieser Mann? So benahm sich keiner, der zu Gast kam, kein Besucher; das war das Gehaben eines Hausherrn. Unwillkürlich wanderten Gurlitts Augen zurück zu dem Messingschild: Stefan Martini ...

Der Gärtner kam zurück, um das Tor wieder zu schließen. Er blickte auf den Fremden, der nun schon seit mehreren Minuten vor dem Gitter stand; in seine Augen trat ein befremdeter, vielleicht mißtrauischer Ausdruck.

Gurlitt tippte an den Hut. »Wer war der Herr, der eben gekommen ist?«

Der Gärtner sah sich halb um, nach der Haustür, die sich eben hinter dem Ankömmling schloß.

»Wer das war?« fragte er. »Wer das war?« wiederholte er achselzuckend. »Das war der Herr.«

»Der Herr ...« wiederholte Gurlitt. »Ja, ja ... natürlich ... ich bin hier fremd, müssen Sie wissen. Ich muß noch etwas fragen: wie heißt Ihr Herr?«

Der Gärtner schob mit einem ostentativen Ruck den Riegel in den Eisenring. Er blickte auf und wies auf das Schild.

»Dort steht es: Martini heißt er. Stefan Martini.«

»Stefan Martini?« wiederholte Gurlitt ... »Herr Martini? Herr Martini lebt?«

Der Gärtner trat einen Schritt zurück und maß den Frager mit einem bedenklichen Blick.

»Mir scheint, Sie haben sich eben selbst überzeugt, daß er noch lebt.« Damit wandte er sich herum und drehte Kilian brummend den Rücken.

Gurlitt ging, um den Argwohn des Bediensteten nicht zu steigern, langsamen Schrittes die Straße hinunter, immer den Davonschreitenden im Auge behaltend. Stefan Martini lebte ... er selbst hatte ihn vor wenigen Minuten ins Haus gehen sehen ... dann waren ja alle Ängste, alle Qualen dieser Nacht sinnlos gewesen. Aber halt, hier lag das Entscheidende: man hatte ihm doch ein Vermögen hingeworfen ... man hatte ihn bezahlt für sein Geständnis ... und nun, plötzlich, war alles nichts als ein Scherz gewesen? Konnte im Ernst ein Mensch herumgehen und aus purer Laune Unsummen auf die Straße streuen?

Hier lag ein neues Rätsel zugrunde, zweifellos. Aber ein anderes war gelöst – Gott sei Dank – wie ein Alp fiel es von ihm ab: der Mord, dessen er sich schuldig bekannt hatte, war überhaupt nicht geschehen.

Wie seltsam – mit einem Schlage war alles verändert. Die Mittagssonne, die ihn eben noch grell und erbarmungslos geblendet hatte, erschien ihm warm und tröstend; die gezirkelte Geometrie dieser Straße, dieser Häuser, dieser Bäume erschien ihm plötzlich wie das Sinnbild einer ehrlichen und offenen, allem Versteckten abholden Welt.

Da fiel ihm ein: es war seine Pflicht, diesem Herrn Martini von jener seltsamen Begegnung im Hotel Adlon zu erzählen. Martini hatte ein Recht darauf, von diesem Komplott zu erfahren, das vielleicht in letzter Minute erst abgewendet worden war. Martini hatte ein paar Stunden lang in äußerster Todesgefahr geschwebt, soviel war sicher. Er mußte von dieser Gefahr Kenntnis erhalten.

Entschlossen drückte er auf den Klingelknopf. Der Sperrer surrte; die Tür ging auf.

Ein Diener öffnete die Innentür.

»Ich möchte Herrn Stefan Martini sprechen.«

»Darf ich um Ihre Karte bitten?«

Gurlitt griff nach der Brieftasche. »Mein Name dürfte zwar Herrn Martini unbekannt sein. Aber sagen Sie ihm, ich hätte ihm nichtsdestoweniger eine außerordentlich wichtige Mitteilung zu machen.«

Der Diener warf einen verstohlenen Blick auf die Karte und öffnete die Tür eines Zimmers.

Gurlitt trat ein; der Diener zog die Tür hinter ihm zu.

Das Zimmer schien der Arbeitsraum des Hausherrn zu sein; eine Bibliothek bedeckte zwei Wände, zur Seite der Fenster, durch die das volle Sonnenlicht hereinfiel, stand der dunkle Schreibtisch; mehrere Klubsessel deuteten darauf, daß dieser Raum für Konferenzen benutzt wurde. Zwischen den Fenstern und über dem Schreibtisch hingen Photographien und Karikaturen bekannter Schauspielerköpfe.

Ein Schritt kam näher. Die Tür ging auf; herein trat der Herr aus dem Auto. Er blieb mit argwöhnischem Gesichtsausdruck an der Tür stehen. »Was wünschen Sie?« fragte er in ziemlich unfreundlichem Ton.

»Ich möchte Ihnen etwas sehr Seltsames erzählen, was mir passiert ist. Es betrifft Sie, Herr Martini.«

Der Hausherr zuckte die Achseln. »Mich?«

»Es ist so merkwürdig, daß Sie das, was ich Ihnen erzähle, vielleicht für ein Märchen halten werden. Man hat mir allen Ernstes eine Belohnung ausbezahlt, eine hohe Belohnung; dafür habe ich ein Geständnis abgelegt, ich hätte Sie ermordet.«

» Was ist das?« fragte Martini, die Hand an die Stirn schlagend.

»Ist Ihnen vielleicht ein Herr bekannt — es ist schwer, ihn zu beschreiben: er war groß, breitschultrig, nicht mehr jung. Mit dunkelblauen Augen, das Haar an den Schläfen ergraut.«

»Wie heißt er?«

»Er nannte sich Harrendorf; aber der Name ist falsch, wie ich inzwischen festgestellt habe.«

Martini schüttelte den Kopf. »Nein«, sagte er. »Den Mann, den Sie da beschreiben, kenne ich nicht.« Langsam hob er die Augen zu Gurlitt; zu seinem Erstaunen sah dieser ein seltsam verschleiertes, fast lauerndes Lächeln in Martinis Blick. Er mißtraut mir, dachte er bei sich. Er glaubt, ich erzähle ihm ein Märchen, vielleicht in irgendeiner verbrecherischen Absicht.

»Welchen Grund hatten Sie, den Mord auf sich zu nehmen?« Und indem in sein Gesicht ein drohender und lauernder Ausdruck trat, setzte Martini hinzu: »Haben Sie etwa Ursache, mir den Tod zu wünschen?«

»Natürlich nicht.«

»Ich meine: gibt es irgendeine Beziehung zwischen uns, die Anlaß zur Feindschaft böte?«

Eben wollte Gurlitt antworten, als das Telephon klingelte. Mit einer kleinen entschuldigenden Geste gegen seinen Besucher nahm Martini den Hörer ab und nannte seinen Namen. Eine Frauenstimme kam aus dem Apparat. Eine Stimme, bei deren Klang Gurlitt aufhorchte.

Während Martini Antwort gab, blickte er aus den Augenwinkeln zu seinem Besucher hinüber. Gurlitt sah es, obwohl er geflissentlich an dem Telephonierenden vorüberblickte. Wieder sprach die Dame. Und plötzlich erkannte Gurlitt: es war Léonie, seine Frau, die ins Telephon sprach.

Als ob Martini die Gedanken seines Besuchers erriet: er wandte sich langsam zu Gurlitt herum und betrachtete ihn schweigend, während er ein paar gleichgültige Worte in den Apparat sprach. Gurlitt konnte nicht verstehen, was er Léonie sagte. Aber er hatte den Eindruck, als ob er geflissentlich von fremden und gleichgültigen Dingen redete. Vielleicht um seinen Besucher zu beruhigen — vielleicht um Léonie klar zu machen, daß hier eine Gefahr sei.

Plötzlich sagte Martini ins Telephon:

»Um halb elf« und hängte ohne ein Wort des Abschieds den Hörer an.

Gurlitt sah ihm zu; die Augen der beiden begegneten sich. Martini faßte in die Tasche, dann, als ob er irgend etwas vergessen habe, sagte er plötzlich mit einer entschuldigenden Bewegung: »Ich bin in einer Minute zurück« — und ging aus dem Zimmer.

Gurlitt lauschte dem Schritt des sich Entfernenden; dort, zu seiner Linken, stand das Telephon. Was lag hier vor? Welche Beziehungen bestanden? War es wirklich Léonie gewesen, die eben angerufen hatte – er mußte Gewißheit haben. Er würde Martini zur Rede stellen – aber Martini sah nicht aus wie jemand, dem man Angst einflößen konnte. Mit einem entschlossenen Griff nahm er den Hörer ab. Vielleicht war die Verbindung schon getrennt ... vielleicht meldete sich das Amt ...

Nein. Die Verbindung bestand noch. Ein klingender Ton kam aus dem Apparat; dann meldete sich eine gleichgültige Stimme:

» Hier Pension Scalandrini.«

»Mein Gespräch ist unterbrochen worden«, log Gurlitt. »Bitte rufen Sie die Dame an den Apparat, mit der ich eben telephoniert habe.«

»Frau Léonie Storm«, antwortete jene Stimme höflich. »Einen Augenblick, mein Herr.«

Betroffen und verwirrt legte Gurlitt den Hörer nieder.

Er blickte zur Tür. Wo blieb Martini?

Von draußen kam das Rattern des Autos; offenbar verließ es die Garage. Gurlitt trat ans Fenster; aber das Zimmer hatte Ausblick auf den Hintergarten, die Garage lag irgendwo seitlich.

Wo zum Teufel blieb Martini?

Gurlitt war schon im Begriff, die Tür zu öffnen, als er sich plötzlich erinnerte: irgendwo in diesem Zimmer war etwas, was, aus dem Unterbewußtsein, seine Aufmerksamkeit erregt hatte. Er wußte nicht mehr, was es war – nur daß es in jener Blickrichtung lag, war ihm erinnerlich. Nichts Positives, nichts Greifbares: nur etwas mit dem Gefühl Erfaßtes.

Er ließ den Blick kreisen; an dem Pochen seines Herzens spürte er, daß sich hier irgendwo eine Fährte auftat.

Auf dem Schreibtisch, gleich neben der kleinen mit bunten Steinen besetzten Lampe, lag ein Brief. Ein weißes Kuvert, von einem unauffälligen und belanglosen Format. Dennoch wußte er, daß dieser Brief irgendeine Beziehung hatte. Daß dieser Brief mit ihm, mit Martini, mit Léonie zusammenhing.

Er ging auf den Schreibtisch zu. Dort lag der weiße Umschlag, der Inhalt schob sich ein wenig vor.

Plötzlich erkannte Gurlitt auf dem Kuvert seine eigene Handschrift. Dieser Brief war gerichtet an Frau Léonie Storm, Oberhof, Hotel Westminster.

Wie kam dieser Brief in Stefan Martinis Haus? Wer hatte ihn Martini gegeben? Dieser Brief war sein Eigentum – zum mindesten Léonies Eigentum. Er als ihr Mann hatte ein Recht darauf, auf alle Fälle mehr Recht als der, auf dessen Schreibtisch er ihn gefunden hatte.

Er nahm den Brief vom Schreibtisch. Eben hörte er einen Schritt, der näher kam. In dem Gefühl eines Unrechts wollte er den Brief zurücklegen. Aber nein – dieses Schriftstück war sein Eigentum, an ihm war es, jenen zur Rede zu stellen; nicht umgekehrt.

Wenn jetzt die Tür aufging, würde ihn Herr Martini mit dem Kuvert in der Hand überraschen. Nun wohl. Dann würde sich alles aufklären.

Er nahm den Brief heraus. Es war sein letztes Schreiben an Léonie: seine Erklärung, er werde sich das Leben nehmen, wenn Léonie nicht zurückkehre.

Hier war Verrat!

Die Tür ging auf. Erwartungvoll wandte sich Gurlitt herum.

Nein. Es war nicht Herr Martini. Es war der Diener. Er sah erstaunt auf den Brief in Gurlitts Hand; sein Blick wanderte hinüber zum Schreibtisch. Er mochte den Zusammenhang begriffen haben.

»Wo ist Herr Martini?« fragte Gurlitt kurz.

»Herr Martini bittet um Entschuldigung«, sagte der Diener mit einer Verbeugung. »Herr Martini ist soeben telephonisch abgerufen worden. In einer Angelegenheit, die keinen Aufschub duldet. Er bittet Sie, Ihren Besuch zu gelegener Stunde zu wiederholen. Nach telephonischer Verständigung, läßt Ihnen Herr Martini sagen.«

»Herr Martini ist fortgegangen?« fragte Gurlitt kopfschüttelnd.

»Er ist eben im Auto abgefahren.«

»Sie lügen!«

Der Diener sah Gurlitt schweigend in die Augen. »Ich lüge nicht, mein Herr. Ich bin im übrigen nicht gewohnt, mir Beleidigungen sagen zu lassen. Am wenigsten von einem Fremden.«

»Dann ist Ihr Herr ein Lügner!«

Der Diener runzelte die Brauen. »Ich werde Herrn Martini von Ihren Worten ...« damit ging er zur Tür und öffnete sie mit einer Verbeugung, die zu höflich war, um aufrichtig gemeint zu sein.

Als Gurlitt an ihm vorbeiging, wies der Diener auf das Kuvert in Kilians Hand: »Verzeihung, mein Herr – wenn ich nicht irre, hat dieser Brief auf dem Schreibtisch meines Herrn gelegen.«

»Sie irren sich absolut nicht«, antwortete Gurlitt. »Aber Sie sind offenbar nicht ganz ausreichend orientiert. Sonst würden Sie nämlich wissen, daß dieser Brief mir gehört.«

»Ich bedaure – ich würde Unannehmlichkeiten haben, wenn ich Ihnen diesen Brief überließe.«

»Seien Sie unbesorgt. Ich werde Ihren Herrn noch heute wegen dieses Briefes zur Rechenschaft ziehen.«

Damit ging Kilian Gurlitt hinaus.

*

Lèonie war nicht in der Pension, als Kilian vorsprach. Ein Herr war am Nachmittag gekommen, im Auto; sie war mit ihm zusammen in die Stadt gefahren. Die Unruhe in Gurlitt wurde immer unerträglicher. Er ging ans Telephon, rief die Villa Martini an. Der Diener gab kühl und gemessen Auskunft: Herr Martini sei bisher nicht zurückgekehrt, er sei vor heute nacht nicht zu erwarten. Vielleicht um halb elf ...

Halb elf ... halb elf ... Er erinnerte sich: als Martini mit Léonie sprach, war das Wort gefallen: um halb elf. Bestand hier eine Verabredung, von der der Diener wußte? Hatte vielleicht Martini den Besuch einer Dame auf halb elf Uhr heute abend angesagt?

Je tiefer der Abend sank, desto verzweifelter wurde er. Um neun Uhr kam ein Rohrpostbrief von Léonie: er möge nicht auf sie rechnen, sie sei mit einem amerikanischen Manager zusammen, Verträge besprechen. Vielleicht würden sie auf eine Stunde in ein Theater gehen, wahrscheinlich werde sie mit dem Amerikaner soupieren. Auf alle Fälle werde sie noch anrufen, spät in der Nacht: sie sehne sich danach, seine Stimme zu hören.

War das nun die Wahrheit? Um halb elf, hatte Martini gesagt, als er mit Léonie sprach. Nicht vor halb elf, hatte der Diener erklärt.

Nein. Das war unerträglich. Wer war dieser Martini? Wo war Léonie? Betrog sie ihn? Stand sie vielleicht unter irgendeinem Zwang? Bedurfte sie seiner Hilfe?

Die Nacht brach herein; vom Tiergarten her strich der Nachtwind durch die blätterlosen Bäume.

Und Léonie kam nicht.

Es ging ihm durch den Kopf: alles muß sich aufklären – nie sind die Dinge so schlimm, wie sie auf den ersten Blick erscheinen –, vielleicht hat alles eine harmlose Bewandtnis, im Lichte des neuen Tages nimmt sich alles anders aus; aber seine Nerven hielten den neuen Eindrücken nicht mehr stand. Er war zermürbt, aufgerieben, skeptisch geworden; er fühlte, daß er sich selbst belog; etwas in ihm schrie nach Klarheit. Klarheit – selbst um den Preis einer furchtbaren Erkenntnis.

Und plötzlich wußte er es: Léonie ist bei ihm ... Léonie ist in der Winterthur-Allee.

Er nahm Hut und Mantel, ging hinunter auf die Straße. Dort war die Pension Scalandrini; Léonies Zimmer waren dunkel; er hatte es vorher gewußt, es war überflüssig gewesen, sich zu vergewissern.

Die dünne Kette der Bogenlampen schaukelte im nächtlichen Wind; zur Rechten floß dunkel und schweigend das Wasser des Landwehrkanals. Zur Linken lief die Mauer des Zoologischen Gartens; fern, jenseits der Bäume, lag blutroter Schein am Himmel. Das war der nächtliche Kurfürstendamm. Er hastete, immer mehr den Schritt beschleunigend, über die Schleusenbrücke. Verwegene Gestalten schlichen an ihm vorbei, musterten ihn; seine Eile schien sie zu verwirren. Zärtliches Flüstern kam aus dem Dunkel, ein Zuruf streifte ihn; zur Rechten lief das leuchtende Band eines Fernzuges. Langsam wurde es heller, belebter, geschäftiger; die strahlende Helle des Westens tat sich auf.

Er irrte ratlos durch das Getümmel, erfaßt von einer tiefen und lähmenden Angst, erfüllt von gefährlichen und drohenden Gedanken.

Dort war der Kurfürstendamm. Lichtsäulen stiegen an den Häusern empor, Lichtkolonnen wandelten mit ihm durch die endlose Straße, Flammenfackeln warfen Tageshelle in die nächtliche Stadt. Allmählich ließ er das Gewühl hinter sich; die Stille von Halensee nahm ihn auf. Zur Rechten, leuchtend, ein glitzernder Obelisk, stand der Funkturm gegen den nächtlichen Himmel.

Dann wurde es dunkel und still.

Er bog zur Linken ein. Die Winterthur-Allee war erfüllt von schweigender Finsternis. Alles in dieser Straße schien voll drohender und lauernder Dinge zu sein.

Dort war die Villa.

Das ganze Haus war unerleuchtet; nur in einem Zimmer des ersten Stocks schimmerte Licht hinter den Vorhängen.

Wo war Léonie ...?

Er ging auf den Eingang zu und klingelte. Er mußte Gewißheit haben, und sollte er sie mit Gewalt erzwingen müssen.

Nichts im Hause rührte sich.

Er klingelte zum zweiten Male, langanhaltend, ungeduldig, in kurzen, scharfen Absätzen.

Wieder wartete er. Wieder wartete er vergeblich.

Ein gleichmäßiger fester Tritt kam über die Straße: ein Wächter. »Es hat keinen Zweck, daß Sie klingeln«, sagte er; »die stellen nachts die Glocke ab.«

Damit setzte er seinen Kontrollgang fort.

Während Gurlitt mit brennenden Augen in das Dunkel starrte, ging oben im Zimmer das Licht aus. Nun war alles, das ganze Haus, der Garten, die Straße, gleichförmig lichtlos und schweigsam.

Er fühlte, wie die Müdigkeit in ihm wuchs; kaum vermochte er sich auf den Beinen zu halten. Was hatte er sich von diesem Gang, von diesem endlosen Weg versprochen? Eine Lösung der Rätsel um Léonie? Hatte er im Ernst geglaubt, eine Frau, die auf Abwegen ging, überlisten zu können?

Plötzlich geschah im Hause dort hinten eine Veränderung. Er begriff es deutlich, nicht eigentlich mit den Augen, eher mit dem Gefühl. Ihm war, als ob ein Laut sein Ohr treffe, als ob irgendwo ein Lichtschein aufblitzte; er vermeinte einen Moment lang hastiges Flüstern zu hören, eine Tür schien zu gehen. Aber alles war unbestimmt, gefühlsmäßig, Sa-

che der Nerven. Es konnte ebensogut ein Irrtum sein.

Nein. Es war kein Irrtum gewesen. Die Fenster des Parterres wurden hell; eins nach dem andern. Jemand mußte durch die Zimmer gehen und überall, in jedem einzelnen Raum, das Licht einschalten.

Erstaunt blickte er auf das Haus, das sich vor seinen Augen Fenster um Fenster erleuchtete. Nun flammte auch im ersten Stock das Licht auf: das Eckzimmer – dann wurde es hell in dem Mittelzimmer mit dem großen Balkon. Der Lärm im Hause schien zu wachsen, deutlich hörte er jetzt Gemurmel, Stimmengewirr; nun ging die Tür auf, heraus stürzte ein Mann.

Instinktiv trat Gurlitt in den Schatten zurück, der tiefer und schwärzer wurde im Kontrast gegen das Licht, das von jenem Hause kam.

Der Ankömmling rannte über den Kiesweg; er trug einen Schlüssel in der Hand. Den steckte er ins Schloß, drehte ihn herum, riß mit einer hastigen, vielleicht angsterfüllten Bewegung den Torflügel auf.

Jetzt erkannte ihn Gurlitt: es war der Diener von heute vormittag.

Der Diener ließ das Tor hinter sich offen und lief in das Dunkel hinein.

Was gab es? Was war hier geschehen?

Mochte kommen was da wollte; jetzt war der Weg frei. Jetzt mußte er Gewißheit haben.

Er ging den Weg hinunter, der zur großen Seitentür führte. In diesem Augenblick hörte er Stimmen hinter sich; die Stimme des Dieners, dann eine zweite, der jene antwortete. Wieder trat er in das Dunkel der Mauer.

Den Weg herunter kamen mit eiligen Schritten der Diener und jener Wächter.

»Vielleicht ist er krank?« fragte der Wächter.

»Nein«, sagte der Diener. »Ich kenne das.«

»Oder vielleicht: ein Unfall«, beharrte jener.

Eben kamen die beiden an Gurlitts Platz vorüber. Der Diener sagte, indem er den Schlüssel ins Schloß der Haustür steckte:

» Kein Unfall. Herr Martini ist ermordet worden.«

Die Tür ging auf, Lichtschein flutete heraus. Deutlich sah Gurlitt verstörte und bleiche Gesichter, die den beiden entgegenblickten; dann fiel die Tür wieder zu.

Nun war wieder Nacht um ihn. Er stand betroffen, unfähig, das Gehörte zu begreifen. Nun war alles eingetroffen, was er für die Hirngespinste eines Irren gehalten hatte; nun war alles Wahrheit geworden, was er lachend, voll heimlichen Übermuts, für einen bösen und verächtlichen Scherz genommen hatte: nun war der Mord geschehen. Nun kroch aus dem Dunkel der Nacht das Verhängnis auf ihn zu.

III.

Gurlitt fuhr verwirrt aus seinen Träumen auf; es hämmerte gegen die Tür, und eine wohlbekannte Stimme rief lachend:

»Wie lange willst du schlafen, Kilian?«

Er sprang aus dem Bett und öffnete die Tür.

Es war Léonie, die eintrat, mit frischen Wangen, gerötet von der jungen Märzsonne, und mit blitzenden Augen.

»Ich bringe Gutes, Kilian«, sagte sie lachend. »Warum bist du noch nicht aufgestanden? Schön verbummelt bist du in diesen Wochen! Also denke dir ... geh' ruhig wieder ins Bett, es ist kühl hier im Zimmer, und du hast natürlich deinen Sommerpyjama an!«

Sie ging ans Fenster und zog die Vorhänge zurück; warm und leuchtend floß das Sonnenlicht ins Zimmer.

»Jetzt hätt' ich's beinah vergessen: ich habe ja noch jemand mitgebracht. Er steht draußen. Warte einen Augenblick!«

Sie ging zur Tür und öffnete; herein trat Costa. Auch er lachte, alles schien zu lachen an diesem Morgen: die Menschen, die Sonne, die ganze Welt.

»Grüß Gott, Kilian«; Costa faßte mit sicherer Hand in das Zigarettenetui, das auf dem Nachtschränkchen lag. »Danke, laß, ich hab' ein Feuerzeug. Also: wir haben dir viel Gutes zu erzählen. Wir fahren alle zusammen nach Amerika: du, deine Frau und ich. Und die Rose, versteht sich.«

Kilian blickte auf Léonie, die strahlend nickte.

»Gestern ist es perfekt geworden«, sagte Léonie; sie setzte sich auf den Bettrand und nahm Kilians Hand. »Luxuskabine auf dem Dampfer ›Yoshiwara‹: für Herrn und Frau Doktor Gurlitt; hier ist das Ticket. Hab' keine Angst, Kilian, du sollst nicht als Mann deiner Frau fahren. Im Gegenteil: man rechnet stark auf deine Arbeit. Drei Filme soll ich spielen – und du sollst die drei Manuskripte schreiben; gegen sehr hohes Honorar, du wirst staunen, ich habe an alles gedacht; der Direktor war weiches Wachs in meinen Händen. Freust du dich, Kilian? Nun sind wir zusammen: ein Jahr Hollywood; die Gesellschaft stellt uns eine entzückende Villa zur Verfügung, in Beverley Hills; er hat mir die Photographie gegeben, entzückend, ein kleines weißes Schloß, mitten unter Palmen. Douglas Fairbanks wohnt gleich neben uns, mit Mary Pickford.«

Costa räusperte sich.

»Ja, und denke dir: Costa ist richtig engagiert worden, er war in Hamburg, er wird Musikdirektor auf der ›Yoshiwara‹, Kilian«; sie legte die Arme um seinen Hals und küßte ihn. »Das wird ein herrliches Leben werden! Sonne und Meer und das schöne Schiff – und wir beide, wir beide endlich wieder zusammen in einer gemeinsamen Arbeit. Ich bin so glücklich, Kilian!« Sie sah auf die Uhr. »Herrgott! Halb zwölf? Wie lange brauchst du zum Anziehen? Sagen wir: eine halbe Stunde. Kommen Sie, Costa; mach' dich schnell fertig, Kilian, hol' mich ab von der Pension, wir fahren zusammen nach Wannsee. Kommen Sie, Alfons!«

Und draußen waren sie.

Kilian Gurlitt ging hinaus ins Badezimmer; die Gedanken kreisten in seinem Kopf, irr und verzweifelt; die Dinge überstürzten sich, nichts war mehr Wirklichkeit, nichts war faßbar. Die beklemmenden und überwältigenden Ereignisse der letzten Nacht tauchten vor seinen Augen auf, der Gedanke an den falschen Harrendorf und, merkwürdig genug: immer wieder kam dazwischen das helle Lächeln Janna Lynds.

Vielleicht war dies die beste Lösung: eine Atlantikfahrt mit der »Yoshiwara«, ein Jahr Amerika; inzwischen würde sich alles klären, man würde den Täter finden; wenn er zurückkehrte, war der Fall Martini erledigt, begraben, vergessen. Ja, es war gut so: ein anderer hatte die Dinge in die Hand genommen, Léonie hatte für ihn gedacht und gehandelt, Léonie war tüchtig; lachenden Auges löste sie die Fragen, vor denen er ratlos stand; mit sicherer Hand öffnete sie Türen, die ihm verschlossen waren.

Dann, plötzlich, mitten in seine neuen Hoffnungen hinein, kam der Gedanke: nun war der Brief fällig – nun würde der Mörder nicht mehr zögern, das Geständnis abzusenden, das einem andern die Tat aufbürdete. Jetzt stand er vor der letzten und schwersten Wendung.

Gleichviel – es mußte durchgekämpft werden. Er fühlte sich unschuldig, das war die Hauptsache. Und dann: er hatte einen Kameraden, der an ihn glaubte. Léonie! Das Herz klopfte ihm schneller beim Gedanken an sie; Léonie, seine junge, schöne, kluge Frau! Wie sehr sie ihn liebte! Ja, sie gehörten zusammen, was ihm Ende und Tod bedeutet hatte, war nun in Wahrheit der Anfang eines neuen, schöneren, innigeren Zusammenlebens geworden.

Hastig beendete er die Toilette, in einer Art Angst vor den trüben Gedanken, die schon wartend an der Schwelle des Bewußtseins standen.

Dort war die Pension Scalandrini. Sonne lag über dem weißen Hause; auf den spiegelnden Fenstern lag Sonne.

Er ging schnellen Schrittes die Treppe hinauf; das Mädchen öffnete die Tür zu Léonies Zimmer und schloß sie leise wieder, mit einem lächelnden Blick auf ihn, auf Léonie, die wartend am Fenster stand.

Seltsam: seine Frau kam ihm nicht entgegen. Sie stand regungslos, mit dem Rücken zum Fenster. Ihm schien, als ob sie bleicher sei als vorhin. Ihr Blick war starr; sie sah ihn an, nein, sie sah durch ihn hindurch.

Er ging auf sie zu, beklommen, in der aufsteigenden Ahnung eines Unheils. Er reichte ihr die Hand; sie schüttelte langsam, mit ernstem Gesicht, den Kopf.

»Was ist dir, Léonie?«

Wie zögernd und trostlos ihre Bewegungen waren! Sie hob den Arm, wie in unendlicher Mühe; sie wies auf die Zeitungen, die auf dem Tisch lagen, und sagte mit tonloser Stimme:

»Diese Nacht ist Stefan Martini ermordet worden.« Er sah hinüber auf den Tisch. Dann, sich zu ihr herumwendend, fragte er leise:

»Wer ist Stefan Martini?« und lauernd setzte er hinzu: »Kanntest du ihn?«

»Ja«, antwortete sie. »Ich kannte ihn. Er war der Mann, der zwischen dir und mir stand; er war es, der Lieselotte bestochen hat – auf dessen Geheiß sie deine Briefe zurückgehalten hat.«

Er sah ihr ins Gesicht. »Martini hat sich um dich beworben?«

Sie nickte. »Das hast du doch gewußt. Nicht wahr?« setzte sie in drohendem Ton hinzu, indem sie ihn mit einem schnellen Blick maß.

»Nein«, antwortete er.

Sie machte eine unmutige Bewegung. »Warum warst du gestern vormittag bei ihm?«

»Auch das weißt du?«

»Du siehst es.«

»Woher weißt du es, Léonie?« er faßte sie bei der Hand.

Sie entwand sich ihm. »Er selbst hat es mir gesagt.«

»Du standest noch in Verbindung mit ihm?«

Sie schien seine Frage zu überhören. »Was wolltest du von ihm?«

»Ich ging zu ihm in einer Angelegenheit, die ich dir später einmal auseinandersetzen werde.«

»Warum nicht jetzt?« fragte sie kopfschüttelnd, sichtlich von Mißtrauen erfüllt.

»Weil sie so eigenartig ist und so kompliziert, daß du sie nicht begreifen würdest, wenn ich sie dir nicht in allen Einzelheiten ...«

»Du hast bei Martini einen Brief gefunden«, unterbrach sie ihn. »Einen Brief an mich.«

»Auch das weißt du?«

»Du hast diesen Brief an dich genommen, gegen den Willen des Dieners. Du hast mehrere Male telephoniert, du hast gedroht, du würdest unter allen Umständen eine Aussprache mit Martini erzwingen. Ist das wahr, Kilian?«

»Ja«, sagte er. »Es ist wahr.«

»Wo warst du gestern abend?«

»Gestern abend ...« er sah sie an. »Gestern abend ...« er wurde unsicher; »soll das ein Verhör sein?« fragte er, sich einen Ruck gebend.

Sie machte Miene, einen Schritt auf ihn zuzugehen, vielleicht in einer wärmeren Regung, vielleicht in einem plötzlichen Gefühl der Zusammengehörigkeit. Dann, fast als ob es gegen ihren eigenen Willen sei, blieb sie stehen und schlug die Hände vors Gesicht.

»Ich kann es nicht glauben, Kilian!« flüsterte sie, ihre Stimme war verschleiert; »nicht wahr: du kannst dich rechtfertigen? Ich bin sicher, man wird dich noch heute vormittag vernehmen. Du brauchst ja nur zu sagen, wo du in der letzten Nacht gewesen bist, irgendein Alibi mußt du doch haben; es wird doch einen Menschen geben, mit dem du zusammen warst, oder der dich gesehen hat; dann wird alles sich klären. Aber das mußt du einsehen, Kilian: daß ich ... daß ich ...« sie vollendete den Satz nicht.

Er ging auf sie zu; plötzlich fiel sie ihm um den Hals. »Du mußt selbst zur Behörde gehen«, sagte sie schluchzend, »du selbst mußt alle Zweifel zerstreuen. Wer weiß, vielleicht ist man schon dem Täter auf der Spur. Hörst du, Kilian: warte nicht, bis man dich ruft; geh' freiwillig!«

»Ja«, sagte er, in einem plötzlichen Entschluß. »Du hast recht, Léonie; es kann nur Vertrauen erwecken, wenn ich aus mir selbst heraus erscheine.«

»Ich warte auf dich, Kilian. In einer Stunde kann alles vorüber sein, sprich mit den Beamten, es sind verständige und kluge Menschen unter ihnen; man kann dich im Ernst nicht einer solchen Tat für fähig halten.«

Während er die Treppe hinunterging, dachte er bei sich: »Sie hat recht. Ich muß mich stellen. Komme was da wolle.«

*

Als Kilian Gurlitt in das Verhörzimmer eintrat, ging ihm unablässig der eine Gedanke durch den Kopf: Ist der Geständnisbrief schon eingegangen? Dann werde ich einen schweren Stand haben ...

Der Kommissar erhob sich kurz aus seinem Sessel. Er war glattrasiert, blond, mittelgroß, von breitschultriger Gestalt, unbeweglichen Gesichts.

»Es ist mir lieb, daß Sie kommen, Herr Doktor Gurlitt«, sagte er mit kühler Stimme. »Wir warten schon sehnlichst auf Sie.« Er schlug das dünne Aktenstück auf, das vor ihm lag. »Was haben Sie mir zu sagen?«

Gurlitt spähte verstohlen in das Heftchen hinein. Ein paar Blätter waren übereinandergeschichtet, Protokolle offenbar. Wo war der Geständnisbrief? Er konnte ihn nirgends erblicken; aber vielleicht daß ihn der Kommissar als Trumpf bereithielt ...

Es gab nur eine Möglichkeit: er mußte den Stier bei den Hörnern packen. »Darf ich etwas fragen, Herr Kommissar? Ist bei Ihnen ein Brief eingegangen, von mir geschrieben, ein Brief, in dem ich mich bezichtige, den Mord an Stefan Martini begangen zu haben?«

Der Kommissar hob den Kopf und sah ihn mit unverhohlener Verblüffung an. »Ein Brief ... von Ihnen ... ein Geständnis ... Haben Sie denn einen Geständnisbrief geschrieben?«

»Ja.«

Der Kommissar erhob sich mit einem Ruck von seinem Sitz. »Sie sind der Mörder Martinis?«

»Nein. Aber ich habe mich als Mörder bekannt.«

»Das müssen Sie mir schon näher erklären. Warum haben Sie sich als Mörder bekannt? Ich würde es nicht einmal begreifen, wenn Sie der Mörder wären. Wenn Sie der Mörder nicht sind, ist es mir vollends unverständlich.«

»Ich stand vor dem Selbstmord. Ein Fremder kam auf mich zu und bat mich, diese Tat auf mich zu nehmen; er zahlte mir dafür ein Vermögen.«

»Was für ein Interesse hatten Sie daran, ein Vermögen zu gewinnen? Da Sie doch sterben wollten?«

»Ich dachte an einen bedürftigen Freund. Ihm habe ich das Geld geschickt.«

»Können Sie das beweisen?«

»Ja. Er heißt Alfons Costa: Zimmerstraße 144.«

»Hm. Wir werden ihn vernehmen.« Der Beamte, der um eine Schattierung eisiger geworden war, lehnte sich in seinen Sessel zurück. »Sie behaupten also, die Tat nicht begangen zu haben?«

»Gewiß nicht. Ich glaube,« setzte er lächelnd hinzu, »ich wäre nicht hier, wenn ich nicht ein gutes Gewissen hätte.«

»Das ist ein Trugschluß. Dann brauchte ja nur jeder Schuldige freiwillig zur Behörde zu gehen und hätte damit seine Unschuld bewiesen.«

»Ich habe nichts gegen Martini; ich hatte keine Veranlassung, ihm den Tod zu wünschen.«

»Hm. Wir haben ein paar Leute vernommen. Aus ihren Aussagen ergibt sich folgendes Bild: Martini stand zwischen Ihnen und Ihrer Frau. Sie haben in Martinis Besitz einen Brief gefunden, den Sie an Ihre Frau gerichtet hatten. Sie waren zweifellos von feindseligen Gefühlen gegen Martini erfüllt. Und ...« der Kommissar blickte auf ... »Sie sind in der letzten Nacht vor der Villa Martini gesehen worden. Wenigstens scheint es so. Oder ist das ein Irrtum? Dann würden wir Gelegenheit haben, Ihnen den Wächter gegenüberzustellen, der mit jenem Fremden in der Nacht gesprochen hat: mit jenem Fremden, der an der Villa Martini klingelte.«

»Der Wächter hat die Wahrheit gesagt: ich war an der Villa Martini.«

»Und dann sind Sie unverrichteter Dinge wieder umgekehrt?«

»Ein Mann stürzte aus dem Hause, es war der Diener; er holte Assistenz; aus dem Gespräch erfuhr ich von der Tat, die eben geschehen war.«

»Zu welchem Zwecke waren Sie nach der Winterthur-Allee hinausgefahren?«

»Ich wollte Martini zur Rede stellen: ich ahnte, daß Beziehungen zwischen ihm und meiner Frau bestanden.«

»Sie müssen zugeben, Herr Doktor Gurlitt, daß hier recht seltsame Zusammenhänge zu bestehen scheinen. Sie hatten Grund, Martini zu hassen. Martini ist ermordet worden. Sie standen vor der Tür seines Hauses. Sie selbst haben ein Geständnis abgelegt, in dem Sie diese Tat auf sich genommen haben.«

»So ist das Geständnis eingegangen?« entfuhr es Gurlitt.

»Ich muß es ablehnen, diese Frage zu beantworten. Aber ich möchte Sie darauf aufmerksam machen, daß die Geschichte von jenem großen Unbekannten, der Ihnen ein Vermögen ausgezahlt hat, dem Sie ein Mordgeständnis ausgeliefert haben, weil Sie ohnehin aus dem Leben zu scheiden beabsichtigten – sehr unwahrscheinlich klingt.«

»Ich gebe es zu«, sagte Gurlitt leise.

»Haben Sie Beweise irgendwelcher Art? Einen Zeugen – ein Alibi? Können Sie glaubhaft machen, daß Sie tatsächlich in jener Nacht mit diesem Fremden zusammen gewesen sind? Daß Sie mit ihm jenen merkwürdigen Vertrag geschlossen haben?«

»Leider nicht«, sagte Gurlitt. »Ich habe weder einen Zeugen noch ein Alibi.«

Der Kommissar blickte auf, und fast schien es wie ein Lächeln in sein Gesicht zu treten. »Ist das Ihr Ernst?« fragte er, und auf Gurlitts verständnisloses Achselzucken fuhr er fort: »Ich meine – werfen Sie die Flinte so schnell ins Korn? Wollen Sie nicht wenigstens versuchen, Ihre Angaben zu beweisen? Das läßt auf kein sehr gutes Gewissen schließen. Ich habe gefunden, daß ein ehrlicher Mann, der eine ehrliche Sache zu vertreten hat, sich bis zum letzten Atemzuge zu wehren pflegt.«

»Sie mögen recht haben, Herr Kommissar«, sagte Gurlitt. »Aber ich wüßte mit dem besten Willen nicht, was ich ...«

»Dann will ich Ihnen zu Hilfe kommen«, sagte der Kommissar, und das Lächeln in seinen Augen schien sich zu verstärken. »Nein, das ist nicht richtig gesagt. Ich möchte Ihnen statt dessen raten: bedanken Sie sich bei einer jungen Dame, die es sich anscheinend in den Kopf gesetzt hat, das Rätsel des Falles Martini zu lösen – und die allem Anschein nach von Ihrer Unschuld überzeugt ist.«

»Fräulein Lynd?« fragte Kilian.

»Fräulein Janna Lynd«, nickte der Kommissar. »Sie hat, unorientiert wie sie ist, Beweise beigebracht. Danach scheint es tatsächlich zu stimmen, daß Sie in jener Nacht mit einem Fremden einen Vertrag geschlossen haben. Soll ich Ihnen die Beweise aufzählen?«

»Ich bin, offen gestanden, neugierig«, sagte Gurlitt.

»Da ist zum Beispiel ein Fräulein Rose Majewski. Sie hat gesehen, daß Sie mit einem Herrn im Speisesaal des Hotel Adlon eifrig geplaudert haben. Auch ihr Verlobter, der Musiker Alfons Costa, soll das gleiche aussagen können; aber Costa war bis gestern nacht verreist.«

»Das beweist natürlich noch nicht, daß ich mit diesem Fremden jenen Vertrag geschlossen habe.«

»Wir spielen hier mit vertauschten Rollen«, sagte der Kommissar kopfschüttelnd. »Jetzt muß ich Ihnen beweisen, daß Sie die Wahrheit gesagt haben, und Sie machen Gegeneinwendungen. Nun, in Gottesnamen, wenn Sie diese Taktik für zweckmäßig halten, so müssen Sie das mit sich abmachen.«

»Ich verfolge keine Taktik«, sagte Gurlitt.

»Jetzt kommt eine ungleich wichtigere Angelegenheit: die Aussage eines Hotelboys. Dieser Boy, der Sie von Ansehen kennt, hat Sie und jenen Herrn ins Schreibzimmer geführt. Er hat das Licht eingeschaltet. Da er ein wenig erstaunt war über die späten Besucher, hat er neugierig durch die Scheiben geguckt. Er hat gesehen, daß jener andere eine große Summe Geldes in ein Kuvert getan und sie Ihnen übergeben hat. Was sagen Sie dazu, Herr Doktor?«

»Ich bin Ihnen sehr dankbar.«

»Wir haben nicht die Aufgabe, irgendeinen Schuldigen zu finden – sondern: den Schuldigen zu finden. Ich bemerke bei dieser Gelegenheit: das alles, so sehr es zu Ihren Gunsten sprechen mag, schließt nicht aus, daß Sie der Mörder sind. Immerhin: vielleicht liegen hier Möglichkeiten. Also: jener Boy hat nach Ihrem Fortgehen das Licht im Schreibzimmer wieder ausgeschaltet. Bei dieser Gelegenheit hat er etwas Weißes auf dem Schreibtisch liegen sehen. In dem Glauben, es sei ein zerknitterter Briefbogen, hat er es in den Papierkorb werfen wollen; da hat er entdeckt, daß es eine englische Banknote war: eine Fünfzig-Pfund-Note. Tausend Mark! Er muß ein ehrlicher Junge sein; denn er ist mit der Note in der Hand ins Vestibül hinausgelaufen, wo eben der Herr, der inzwischen Hut und Mantel genommen hatte, durch die Drehtür hinausging. Draußen, auf der Straße, hat er jenen Herrn eingeholt und hat ihm die tausend Mark wiedergegeben.«

»Ein guter Junge«, sagte Gurlitt. »Er rettet mir vielleicht meinen ehrlichen Namen.«

»Sie sagen,« der Kommissar klappte den Deckel des Tintenfasses herunter, »daß dieser fremde Mann, jener Herr im blauen Mantel, nach Lage der Dinge der Täter sein muß. Ist es Ihnen möglich, irgend etwas anzugeben, was uns auf seine Spur führen kann?«

Gurlitt sah nachdenklich vor sich nieder. »Er selbst hat einen falschen Namen angegeben.«

»Stimmt. Den Namen Holger Harrendorf. Auch das hat uns Fräulein Lynd erzählt. Wir haben Herrn Harrendorf, der glücklicherweise noch in Berlin ist, gefragt, ob vielleicht irgendwelche Beziehungen zwischen ihm und jenem Manne bestehen. Harrendorf kennt ihn nicht. Wir wissen nicht, wie jener Fremde auf den Namen Holger Harrendorf gekommen ist. Daß er sich unkenntlich machen wollte, steht natürlich außer Zweifel. Und ich will Ihnen nicht verhehlen, daß diese Feststellungen in unsern Augen zu Ihren Gunsten sprechen, Herr Doktor Gurlitt. Wenn ich mich rechnerisch ausdrücken soll, so möchte ich sagen: Vierzig Prozent sprechen gegen Sie, sechzig Prozent sprechen zu Ihren Gunsten. Ihr Vorleben ist einwandfrei, Ihrer ganzen Art nach ist Ihnen ein Mord kaum zuzutrauen; allerdings lehrt die Erfahrung, daß Morde fast niemals von gewohnheitsmäßigen Verbrechern ausgeführt werden, sondern fast immer Gelegenheitsverbrechen sind. Eins steht jedenfalls fest: Sie haben alle Ursache, mit allen Ihnen zu Gebote stehenden Mitteln jenen falschen Holger Harrendorf zu suchen. Solange er nicht gefunden ist, bleibt ein gewisser Verdacht auf Ihnen haften. Sie sind der einzige, der ihn so recht eigentlich von Angesicht zu Angesicht gesehen hat; die beiden andern Zeugen können sich seiner nur ganz dunkel erinnern, zumal er im Schreibzimmer mit dem Rücken nach der Tür gesessen hat. Bringen Sie uns jenen Harrendorf, Herr Gurlitt – es ist in Ihrem Interesse! Es wird Sie vielleicht wundern, daß ich Ihnen diesen Auftrag gebe; Sie werden meinen, das sei Sache der Polizei. Das ist ein Irrtum Ihrerseits. Jener Mann hält Sie für tot; er hat daher von Ihnen, wie er meint, nichts zu befürchten; und Sie können sozusagen ungesehen und ungehört an seiner Identifizierung arbeiten. Sobald die Behörde ihren ein wenig geräuschvollen Apparat in Bewegung setzt, wird jener Harrendorf zweifellos aufmerksam – und sobald er merkt, daß man ihn sucht, ist schon das Fiasko da. Und damit möchte ich Ihre Vernehmung schließen.«

In der Tür wandte Gurlitt sich noch einmal um. »Meine Frau hat ein Engagement nach Amerika angenommen; man hat ihr eine Kabine angewiesen, für uns beide: meine Frau und mich.«

Der Kommissar lächelte. »Ich hoffe, Sie stellen diese Frage nicht im Ernst. Selbstverständlich würden Sie verhaftet werden, sobald Sie den Versuch machen würden, Deutschland zu verlassen.«

*

Als Gurlitt über den Korridor ging, trat aus einer Nische eine junge Dame.

Es war Léonie.

»Nun?« fragte sie lächelnd, immerhin mit einem Ausdruck der Unruhe.

Er erzählte den Inhalt seiner Unterredung.

Sie gingen zusammen der Treppe zu. »Es wird am besten sein, du gehst dieser ganzen dummen Geschichte aus dem Wege«, meinte Léonie. »Von drüben, von Amerika aus, sieht sich das alles ganz anders an.«

»Wir müssen hier bleiben«, antwortete er kurz.

»Und meine Karriere?« fragte sie erstaunt, während sie die Treppe hinuntergingen.

»Begreifst du nicht, daß hier wichtigere Dinge auf dem Spiele stehen als deine Karriere?«

»Ich hoffe, du sprichst nicht im Ernst«, antwortete sie kühl. »Aber das ist ein Spiel mit Worten. Wir fahren nach Hollywood, inzwischen wird sich alles aufklären.«

» Ich kann nicht nach Hollywood fahren, selbst wenn ich es wollte. Ich darf Deutschland nicht verlassen.«

Jäh blieb sie stehen. »Du darfst nicht ... man würde dich ...« Er sah, wie der Argwohn in ihren Augen aufglomm. Plötzlich streckte sie die Hand, wie in ängstlicher Abwehr, gegen ihn aus. »Du hast es getan!« schrie sie; ein paar Beamte, die eben vorübergingen, blieben neugierig stehen.

»Léonie!«

»Du bist es gewesen, Kilian! Gesteh' die Wahrheit!«

»Du erregst Aufsehen, Léonie.«

»Ich fange an, mich vor dir zu fürchten!«

»Ich will dir alles in Ruhe auseinandersetzen. Nicht einmal der Kommissar glaubt an meine Schuld.«

»Wenn er dich für unschuldig hielte, würde er dir nicht verbieten, nach Amerika zu fahren!«

Sie traten ins Freie.

Eine junge Dame kam ihnen entgegen: Janna Lynd.

»Herr Doktor ...«

Er wollte die beiden miteinander bekanntmachen; aber Léonie ging eben auf ein Auto zu, das wartend an der Bordschwelle stand.

»Nun, Herr Doktor?« fragte Janna.

Eben wollte Kilian seiner Frau nacheilen; aber schon setzte sich das Auto in Bewegung; Léonie blickte geradeaus.

Er sah schweigend dem davongleitenden Wagen nach; Janna betrachtete ihn forschend von der Seite.

»Dort fährt meine Frau. Wenn nicht alles täuscht, ist dies das letzte Wort, das wir miteinander gesprochen haben.«

»Sie hält Sie für schuldig?«

Er nickte.

»Ist die Liebe Ihrer Frau so leicht zu erschüttern?«

Er gab keine Antwort.

»Sie müssen den Kopf klar halten, Doktor Gurlitt«, sagte Janna.

»Jetzt stehe ich in derselben Situation wie vor drei Tagen. Meine Frau hat mich verlassen. Und ich ... und ich ...«

Janna nickte. »Sie vergessen, daß etwas Neues hinzugekommen ist: Sie stehen unter einem schweren Verdacht.«

Er lachte auf. »Also eine Lage, die noch tausendmal schlimmer ist!«

»Nein«, sagte sie. »Die großen Sorgen haben eine gute Seite: daß sie die kleineren absorbieren. Es darf jetzt für Sie nur eins geben: Ihre Unschuld zu beweisen.«

»Dasselbe hat mir der Kommissar gesagt. Dasselbe habe ich mir natürlich längst selbst gesagt. Wenn ich nur einen Weg sähe! Eine Möglichkeit!«

»Sehen Sie wirklich keinen?«

»Ich danke Ihnen übrigens —« er wandte sich zu ihr herum, »daß Sie so kameradschaftlich für mich gearbeitet haben! Dieser Boy aus dem Hotel Adlon ist ein Prachtjunge. Durch sein Zeugnis ist die Existenz jenes Herrn Harrendorf erwiesen. Von da an ist allerdings alles in Dunkelheit gehüllt.«

»Doch nicht so ganz«, sagte Janna leise.

»Wenigstens erklärte mir dies der Kommissar.«

»Wollen Sie mir versprechen, einmal ganz ruhig zuzuhören? Ich habe immerhin etwas Interessantes für Sie in petto.«

»Sie haben weiter recherchiert?«

»Soll ich offen sagen, was mir an der Aussage des Boys aufgefallen ist? Daß er, als ob dies die größte Selbstverständlichkeit von der Welt gewesen wäre, jenem Herrn im blauen Mantel den Fünfzig-Pfund-Schein so einfach wieder zurückgegeben haben will. Hier schien mir etwas nicht zu stimmen.«

»Das ist großartig«, sagte Gurlitt in ehrlicher Bewunderung.

»Ich fragte deshalb, ob der Herr sich für die Dienstleistung, die ihm immerhin tausend Mark eingebracht hat, erkenntlich erwiesen habe. Der Junge wurde verlegen; das bewies mir, daß er auf diese Frage nicht vorbereitet gewesen war. Da wußte ich, daß er gelogen hatte. Ich nahm ihn mit in die Redaktion und versprach ihm Absolution, wenn er in allen Punkten sage, was er wisse. Was glauben Sie, wie die Sache sich abgespielt hat?«

»Er hat das Geld behalten!«

»Das wäre noch nicht das Schlimmste. Er hat die Adresse, die Ihr Mann im blauen Mantel dem Chauffeur genannt hat, verschwiegen. Begreifen Sie warum? Weil er fürchtete, man werde jenen Herrn ausfindig machen – – und es werde bei dieser Gelegenheit herauskommen, daß er, der Boy, die Fünfzig-Pfund-Note nicht abgeliefert habe.«

»Wir hätten also eine Spur?«

»Der Junge ist, die Note in der Hand, hinter dem Herrn hergelaufen; soweit hat er die Wahrheit gesagt. Aber auf der Straße ist ihm ein Kollege begegnet; er hat den Geldschein in seiner Hand bemerkt, und als unser Freund ihm erklärte, daß er das Geld jenem Herrn zurückbringen wolle, hat er ihm von diesem törichten Schritt sehr energisch abgeraten. Tausend Mark seien tausend Mark, und jener Herr

habe keine Ahnung, daß er sie überhaupt verloren habe. Kurz und gut, unser Boy hat die Note mit seinem Freunde geteilt. Das geschah unmittelbar neben dem Auto, in das eben jener Herr stieg. Und der Boy hat, und das ist schließlich tausend Mark wert, gehört, welche Adresse der Herr dem Chauffeur gesagt hat.«

»Er wohnte also nicht im Hotel Adlon?«

»Er hat dem Chauffeur gesagt: zum Eden-Hotel!«

Gurlitt umklammerte Jannas Arm.

»Wenn wir Glück haben, erfahren wir seinen Namen!«

»Wir haben Glück«, sagte Janna. » Wir haben seinen Namen. Ich komme eben aus dem Eden-Hotel. Der Herr, mit dem Sie jenes Abkommen getroffen haben, heißt Charles Roberts.«

»Sie haben es fertiggebracht, seinen Namen zu erfahren ... Sie haben das Unmögliche möglich gemacht ... Wir brauchen nur zum Eden-Hotel zu fahren – und wir haben ihn?«

»Nein. Ganz so einfach ist die Sache nun doch nicht. Herr Roberts ist mit dem Flugzeug D 24 nach Hamburg gefahren.«

»Gnädiges Fräulein –« Gurlitt holte tief Atem, »in dem Augenblick, da alles mich verläßt, da meine Frau sich von mir abwendet, weil sie mich eines infamen Verbrechens für fähig hält – in diesem Augenblick ergreifen Sie meine Hände und führen mich zu neuen Ausblicken, die voll Hoffnung sind und voll Licht. Ich weiß nicht, ob Sie es aus Ehrgeiz tun – ich sehe nur, daß Sie für mich denken. Daß Sie für mich handeln. Daß Sie an mich glauben. Ich weiß nicht, wie ich Ihnen danken soll!«

Janna Lynd sah auf die Armbanduhr. »Es wird am besten sein, denke ich, Sie fahren mit dem Vier-Uhr-Zuge nach Hamburg.«

IV.

Der Wagen fuhr den Alsterdamm hinunter.

Gurlitt saß in die Polster zurückgelehnt, die Augen unverwandt auf das ungewohnte Bild gerichtet: auf die dämmernde Alster. Es war einer von jenen sommerlichen Abenden, die eine unbegreifliche

Laune mitten in das rauhe Klima der Wasserkante einzustreuen liebt: ein Abend, erfüllt von kristallener Klarheit, von Duft und weicher Zärtlichkeit. Über dem Wasser flimmerte es in bläulichen Reflexen; fern drüben, und dort geradeaus, auf jener breiten Prachtstraße, stand es schon gegen das Dunkel wie leuchtende Perlenschnüre; flammende Spiegelbilder zitterten in den Wassern.

Kilian Gurlitt hatte in den Hotels um den Hauptbahnhof herum vergeblich gefragt. Das Meldeamt war geschlossen; so blieb ihm, wenn er nicht kostbare Zeit verlieren wollte, nichts übrig als persönliche Nachforschung in den großen Hotels.

Der Wagen bog zur Rechten ein; schimmernd tat sich der Jungfernstieg auf.

Gurlitt war nicht zum ersten Male in Hamburg; aber immer wieder schlug ihn der seltsame und fremdartige Zauber dieser Stadt in Bann. Hier hatten alle Dinge ihre besondere Note, nordischer waren die Fassaden der Häuser, nordischer waren die Mienen der Menschen; aber über allem lag der Glanz einer tiefen und gesicherten Kultur.

Ihm blieb keine Wahl; er mußte diese Erkundungsfahrt fortsetzen; morgen war es vielleicht schon zu spät.

Aus dem Alsterpavillon scholl Musik, die Drehausgänge wirbelten; schon flankierten Palmen den Eingang, ein paar Vorwitzige saßen in Mäntel gehüllt draußen beim Tee.

Der Wagen fuhr, hart an der Bordschwelle entlang, quer über den Asphalt des Neuen Jungfernstiegs; die dunkle Häuserschlucht der Kolonnaden nahm ihn auf.

Wie völlig anders diese Straße war; eine Stadt voll unbegreiflicher Gegensätze. Die Säulenreihe, die kleinen Läden, der Stil der Häuser: rein italienische Renaissance.

Am Stephansplatz staute sich der Strom der Wagen; eben flammte rotes Licht auf, Gurlitts Auto hielt. In ununterbrochener Kette glitten die Fahrzeuge vorüber: in die schweigende Esplanade, zum Dammtor-Bahnhof, der wie eine leuchtende Burg jenseits des Botanischen Gartens stand, und in das Dunkel jener Allee, die auf den Hafen zuführte.

Gurlitt blickte gedankenverloren auf das Gewimmel; plötzlich, irgendwie aus dem Unterbewußtsein

heraus, hatte er das Gefühl, daß sich in diesem Augenblick eine bestimmte, wichtige, vielleicht entscheidende Wendung vollziehe. Er wußte nicht, was es war, nur mit den Nerven begriff er den blitzschnellen Wechsel; und während er den Blick auf das offene Auto heftete, das eben in der Richtung zur Lombardsbrücke an ihm vorüberfuhr, wußte er, seltsam genug: daß in diesem Wagen jener Mann saß, den er suchte: jener Fremde, der sich Holger Harrendorf genannt hatte, und der in Wahrheit Charles Roberts hieß. Er sah auf das Signallicht, das immer noch rot zu seinen Häuptern stand; dann, als sein Blick von neuem jenen Wagen traf, erkannte er in dem Passagier, über dessen Züge das Scheinwerferlicht der wartenden Autos huschte, jenen Mann, den er suchte.

» Herr Roberts!«

Der Angerufene wandte betroffen den Kopf; sei es, daß ihn das Licht blendete, sei es, daß er die Situation blitzschnell erfaßt hatte – Roberts blickte fremd über Gurlitt hinweg; im gleichen Augenblick schon glitt sein Wagen in das Dunkel der Esplanade hinein.

Gurlitt riß das Sprechfenster auf. »Fahren Sie jenem Wagen nach!«

Der Chauffeur drehte sich herum und wies auf das Licht dort oben, das eben in Gelb überging.

»Ich darf nicht.«

»Ich zahle die Strafe!«

Der Chauffeur schüttelte den Kopf.

»Ich muß den Herrn sprechen, der dort im Wagen sitzt.«

Der Chauffeur, der aus Gurlitts Tonfall die Angst heraushören mochte, sah seinen Fahrgast an, mit einem neugierigen, vielleicht argwöhnischen Blick. »Es geht nicht, Herr«, sagte er. »Ich riskiere meinen Führerschein.«

Inzwischen hatte sich ein Dutzend Wagen zwischen ihn und Roberts' Auto geschoben: eben flammte dort oben das grüne Licht auf.

»Fahren Sie also zum Hotel Esplanade.«

»Ich denke, ich soll diesem Herrn dort ...«

»Jetzt ist es natürlich aussichtslos.«

Irgendein Livrierter riß den Schlag auf. Gurlitt hastete hinein in das erleuchtete Vestibül; das gleichgültige und betriebsame Gewimmel eines internationalen Hotels empfing ihn; Licht, staubige Wärme, Musik, jene seltsame Mischung von Hast und Feierlichkeit; er murmelte, von vornherein eines Nein gewiß, eine Frage; plötzlich vernahm er mit Erstaunen die Antwort:

»Ja, mein Herr. Mr. Charles Roberts wohnt bei uns.«

»Er ist nicht zu Hause, nicht wahr?«

»Ich glaube nicht. Einen Moment. Hier ist eine Notiz. Nein, mein Herr: Mr. Roberts ist nicht zu Hause.«

»Wissen Sie, wo ich ihn finden könnte?«

Der Angestellte warf einen Blick auf den Zettel. »Die ›Alhambra‹ hat angerufen: Herr Roberts möge sofort kommen.

Eben trat ein zweiter Hotelbediensteter hinzu. Er mochte dem Gespräch mit halbem Ohr gelauscht haben. »Herr Roberts war eben hier; ich habe ihm von dem Anruf aus der ›Alhambra‹ gesagt. Ich glaube, mein Herr, Sie werden ihn dort finden!«

Alhambra ... Das war der Name des Vergnügungspalastes, dessen Flammenschrift durch die Nächte von St. Pauli schrie: von dem sich die Seeleute erzählten, auf einsamen Fahrten, in allen Ozeanen der Erde. Alhambra ... die berühmte, berüchtigte Stätte der Lust.

Zur Alhambra!

*

Gurlitt stieg aus; in Riesenlettern lud die flammende Fassade in das schönste Tanzpalais der Welt.

Er blickte zurück, die Straße hinunter.

Zur Rechten, zur Linken, Haus an Haus die Transparente, die, eine flammende Kette, die Stadt der tausend Freuden säumten. Dumpfe Musik, mehr fühlbar als gehört, stand in der Luft; zusammenfließend aus Hunderten von Quellen, die diesen wirbelnden Strom der Liebe speisten.

Er trat ein.

Türen taten sich auf, Lichtströme erfüllten das funkelnde Vestibül; wieder pendelten Glastüren, Stimmengewirr empfing ihn, die Sprachen aller Nationen der Erde schwirrten durcheinander. Musik jazzte, quäkte, rauschte, brüllte; sie durchtränkte den ungeheuren Raum bis in seine letzten Winkel mit stampfendem Rhythmus.

Gurlitt ging durch die Reihen; irgend jemand drückte ihm ein Programm in die Hand; Blitzlicht flammte auf, Kurbelmänner verteilten ihre Karten. Aus tausend Frauenaugen warb lockendes Lächeln.

Er blickte rechts und links, aufmerksam, niemand durfte ihm entgehen; aber es war nicht leicht, in diesem Chaos einen einzelnen zu finden. Ein englischer Kapitän, an jedem Arm eine blonde Hamburgerin, ging mit unsicheren Schritten zur Bar. Die Augen der beiden Mädchen streiften den interessanten Fremdling mit aufmunterndem Lächeln.

Wie hatte der Hotelportier gesagt? »Die Alhambra hat angerufen.« Das bedeutete: daß Roberts in diesem Hause nicht nur Gast war wie alle andern.

Er ging weiter, eben brach der Jazz ab; augenblicklich setzte die zweite Kapelle dort drüben mit einem schwermütigen Tango ein.

Die Alhambra hatte angerufen ...

Vielleicht war Roberts gar nicht in diesem Saal zu suchen; vielleicht hatte er mit dem Reigen der Lebensfreude, der durch dieses Haus ging, nichts zu tun. Er saß vielleicht irgendwo bei den Intimen des Hauses, es konnte sein, daß er in beruflichen Beziehungen zu ihnen stand.

Gurlitt schlug das Programm auf.

»Alhambra« stand auf der ersten Seite; er blätterte um; fast erschrocken las er: »Besitzerin: Lisette Martini.«

Martini ... Waren hier Beziehungen? Führten von diesem Namen Beziehungen hinüber zu jenem Martini, den man ermordet hatte? Es konnte kaum Zufall sein, hier waren Zusammenhänge: Charles Roberts, der Mörder Martinis, und hier, der gleiche Name: Lisette Martini ...

Eine junge Schöne hängt sich in seinen Arm.

»Mein Herr – ich vermute, Sie suchen mich.«

Er mußte lachen. Sie war wirklich jung. Und wirklich hübsch.

»Wollen wir ein Glas Sekt an der Bar trinken?«

Er zog einen Schein. »Leider muß ich Sie bitten, den Sekt ohne mich zu trinken. Wollen Sie mir eine Auskunft geben?«

Sie sah ihn mit blitzschnellem Erstaunen an; irgendwie lag Argwohn in ihrem Blick.

»Gibt es eine Möglichkeit, die Inhaberin dieses Hauses zu sprechen?«

»Frau Martini? Im ersten Stock ist ein kleines Kabarett. Dort finden Sie sie; sie sitzt neben dem Büfett. Jeder kennt sie. Ich werde an der Bar bleiben, bis Sie zurückkommen.«

Er lachte. »Lieber nicht, mein Fräulein!«

Im ersten Stock ... Lisette Martini ... Ganz sicher: dort mußte auch Charles Roberts zu finden sein.

Er ging die Treppe hinauf; kühl schlug Nachtwind herein; irgendwo mochten Fenster offen stehen. Wie feucht und herb diese Hamburger Luft war!

Diese Treppe war merkwürdig. Sie hatte nichts von der betonten, ein wenig übertriebenen Eleganz jener Säle dort unten; sie sah aus, als ob sie sich bewußt absondere. Ganz sicher: diese Treppe, die abgenutzt, fast schäbig war, führte zu persönlichen und intimen Räumen.

Gelächter drang aus dem portierenverhangenen Raum.

Er trat ein.

Auf dem Podium stand eine Grotesktänzerin. Sie war klein, breitschultrig, mit plumpen Beinen; sie steckte in einem pompösen Kostüm; ihr Tanz war von einer Komik, die offensichtlich unfreiwillig war. Zurufe schwirrten zu ihr herauf; das Publikum amüsierte sich offenbar glänzend.

Dort war das Büfett. Dort, an jenem Tisch ...

Er hatte erwartet, eine beleibte und bejahrte Wirtin zu finden. Dort drüben saß eine bildschöne junge Dame.

Der Kellner kam platzanweisend auf ihn zu.

Gurlitt stellte eine Frage.

»Ja, mein Herr. Das ist Frau Martini.«

Gurlitt ging, seinen Entschluß absichtlich verzögernd, durch die Tischreihen, immer den Blick auf die Frau dort drüben geheftet. Sie wurde aufmerksam; unruhig hob sie den Kopf und sah ihm ins Gesicht. Er lächelte; aber sie lächelte nicht zurück.

»Ist ein Platz an dem Tisch dort drüben frei?«

Achselzuckend antwortete der Kellner:

»Der Tisch ist reserviert, mein Herr. Aber ich werde Frau Martini fragen.«

Der Kellner ging hinüber; er flüsterte mit der blonden Frau; wieder sah sie hinüber zu Gurlitt, ein Lächeln schien in ihren Augen aufzuglimmen; der Kellner kam zurück:

»Bitte sehr, mein Herr. Der Tisch ist frei.«

Gurlitt ging quer durch den Raum. Lisette Martini sah ihm unbefangen, weder freundlich noch unfreundlich, entgegen.

Wo war Roberts? Wenn irgendwo in diesem Hause, so war er an diesem Tisch zu erwarten.

Gurlitt bestellte Sekt.

Der Kellner brachte eine Abendzeitung mit; Lisette Martini nahm sie ihm aus der Hand. Sie entfaltete das Blatt; suchend glitten ihre Augen über die Zeilen. Gurlitt spähte unauffällig hinüber; plötzlich sah er, wie ihr Blick an einer Notiz haften blieb, die die Überschrift trug:

»Neues in der Mordsache Martini.«

Er sah, daß ihre Hand zu zittern begann; ihm schien, als ob sie einen schnellen, angsterfüllten Blick zu ihm hinüberwerfe. Sie las die Notiz, die nur wenige Zeilen umfaßte, zwei- oder dreimal. Nun war sie so völlig vertieft in ihre Lektüre, daß sie keine Augen mehr für den Fremden an ihrem Tisch hatte. Alle Farbe war aus ihrem Gesicht gewichen; mit einer kraftlosen Bewegung legte sie das Blatt auf den Tisch nieder. Mit einem Ruck stand sie auf und ging in den kleinen schmalen Gang hinein, der, zur Rechten, offenbar ins Innere des Hauses führte.

Eben begann ein Sänger auf dem Podium ein Couplet. Das Schlagzeug fiel ein.

In diesem Augenblick kam aus dem kleinen Korridor zur Rechten ein Schrei. Niemand außer Gurlitt, der dem Ausgang am nächsten saß, hatte ihn gehört. Er erhob sich; niemand im Publikum achtete auf ihn; alles blickte interessiert auf die Bühne. Er ging mit schnellen Schritten der Frau nach, die den Schrei ausgestoßen hatte.

Der Korridor lag im unbestimmten Licht der Notlampe; in einer Ecke, halb zusammengesunken, lehnte Lisette Martini. Er ging auf sie zu, stellte eine Frage; sie antwortete nicht. Aufs Geratewohl öffnete er irgendeine Tür; es war ein kleiner, wohnlich eingerichteter Raum, mit einer Chaiselongue. Er kehrte zurück zu der Ohnmächtigen und trug sie in das kleine Zimmer. Behutsam öffnete er das Fenster.

Gelächter kam von nebenan; Lisette schlug die Augen auf. Sie sah erstaunt in das Gesicht des fremden Mannes; betroffen blickte sie um sich, dann, mit sichtlicher Mühe, richtete sie sich auf.

»Ich danke Ihnen«, flüsterte sie mit schwacher Stimme.

»Wie fühlen Sie sich?«

Sie machte eine matte Handbewegung. »Ich möchte schlafen«, sagte sie leise.

Gurlitt sah sich ratlos um. Wenn er ihren Wunsch erfüllte, war dieser Abend verloren – verloren wie alles, was er bisher getan hatte. Er mußte aus diesem Stadium der unaufhörlichen Fehlschläge heraus; er mußte begreifen; daß das Schicksal ihn getroffen hatte, ihn gehämmert hatte; es galt, aus dem Bisherigen, aus Unglück, Schuld und Schwäche endlich die Konsequenz zu ziehen: sich aufzuraffen. Ein Mann zu sein. Die Dinge selbst in die Hand zu nehmen. Er war nicht feige, nur weich; nicht die Kraft fehlte ihm – nur die Fähigkeit, einen schnellen, robusten Entschluß zu fassen, hatte er verlernt. Es galt, das Verlorene wiederzufinden, es galt: zu kämpfen.

»Ich muß Ihnen etwas sagen, gnädige Frau«; seine Stimme klang so verändert, daß sie ihn betroffen ansah. »Ich weiß, was Sie so erschreckt hat. Sie lasen die Notiz über den Mord an Martini. Sie sind seine Frau, nicht wahr?«

Sie sah ihm bestürzt ins Gesicht; aber sie antwortete nicht.

»Auch ich stehe in Beziehungen zu diesem Unglück.«

»Wer sind Sie?« fragte sie unruhig.

»Sie kennen meinen Namen nicht. Ich hatte nichts mit Ihrem Gatten zu tun; aber ich kenne Herrn Roberts.«

Lisette Martini sah ihm mit starren Augen ins Gesicht; wie in tödlicher Bestürzung sprang sie auf.

»Wer sind Sie?«

»Ich heiße Kilian Gurlitt ...«

»Kilian Gurlitt«, wiederholte sie mechanisch; »Kilian Gurlitt ...« Er sah, daß sie, vielleicht ohne es zu wissen, den Kopf schüttelte. »Sie sind Kilian Gurlitt? Sie leben?«

Mit einem Schlage begriff Gurlitt: diese Frau wußte alles. Sie wußte von seiner Selbstmordabsicht – von seinem Abkommen mit Roberts. Denn sonst, wenn ihr nicht jede dieser Einzelheiten bekannt war, konnte sie nicht diese seltsame Frage stellen: »Sie leben ...?«

Gedämpfter Applaus drang aus dem Saal herüber; eine Ziehharmonika präludierte quäkend; händeklatschend sang das Publikum mit:

Lustig klingt und springt die Heuer,
Morgen geht die Reise los.
Heute ist mir nichts zu teuer;
Hüt speel ick dat feine Oos ...

Die Stille in dem kleinen Raum wurde schwer und drohend. Gurlitt sah auf die schöne, blonde, junge Frau, die kraftlos in ihrem Sessel lehnte; er fühlte, daß in diesem Hause die Lösung aller Rätsel lag. Der Name Roberts, der Name Martini waren hier vertraute, vielleicht alltägliche Begriffe. Nun galt es: du oder ich – und es konnte kein Zögern geben, kein Rücksichtnehmen. Diese Frau wußte, daß er schuldlos war; in ihren Händen lag es, ihn zu retten.

»Ich stehe unter einem schweren Verdacht«, sagte er leise. Merkwürdig, während er sprach, wußte er plötzlich, daß er dieser Frau mit seinen Worten unendlichen Schmerz bereitete. Das war eine Erkenntnis, die verstandesmäßig nicht zu begründen war – denn sicher sagte er ihr mit keinem seiner Worte etwas Neues – ganz sicher wußte sie alles, was er wußte – und wußte es hundertmal besser. Dennoch, mit einer unbegreiflichen Sensibilität der Nerven, fühlte er die wachsende Angst dieser Frau – und während er weitersprach, stieg es wie würgendes Mitleid in ihm auf. »Ich habe Sie nie gesehen, gnädige Frau. Ich habe vernünftigerweise keine Rücksichten zu nehmen, ich habe keine Pflichten gegen Sie. Wohl aber haben Sie eine Pflicht gegen mich: die Wahrheit zu sprechen.« Er trat auf sie zu. »Alles um diesen seltsamen Fall liegt im Dunkel. Von Ihnen muß die Hilfe kommen – oder ich bin verloren.«

Sie antwortete nicht.

Verstärkt setzte nebenan der Rhythmus ein:

Kehren wir nach einem Jahre
Braungebrannt wie 'n Hottentott,
Hast du deine blonden Haare
Schwarz gefärbt, vielleicht auch rot.
Triffst dann wohl den braunen Knaben,
Aber du erkennst ihn nicht ...

»Wollen Sie mir helfen, gnädige Frau?«

Sie senkte den Kopf; es konnte ein Bejahen sein, vielleicht auch der Ausdruck einer trostlosen Verzweiflung.

»Sie müssen mir alles sagen«, murmelte er, gegen seinen Willen, ja gegen alles Verstehen von Mitleid ergriffen.

Sie hob ein wenig den Kopf; er sah, daß ihr die Tränen über die Wangen liefen.

»Ich bin nicht Frau Martini«, begann sie leise; »ich war Martinis Geliebte.«

»Sie führen seinen Namen ...«

»Er verlangte es so.«

Eine kleine Pause entstand; der Boden dieses Raumes schien im Zusammenklang der Rhythmen zu vibrieren, die die Säle dieses Hauses erfüllten; man hatte die Empfindung, auf einem Schiff zu sein; deutlich glaubte man den dumpfen Gleichtakt der Maschine zu spüren.

»Ich habe mich – bitte nehmen Sie mir ein offenes Wort nicht übel – ich habe mich gewundert, als ich Sie sah, gnädige Frau; so hatte ich mir die Besitzerin der Alhambra nicht vorgestellt.«

Gurlitt wunderte sich über sich selbst: über seine zögernde Art, Fragen zu stellen, die abseits von dem lagen, auf was es ihm ankam. Aber gleich darauf kam ihm von selbst die Antwort ins Bewußtsein: es galt, diese Frau nicht zu erschrecken. Sie durfte ihn nicht für ihren Feind halten. Denn er war auf ihre Gnade angewiesen; er konnte sie nur bitten, nicht zwingen, zu sprechen. Darum galt es: ihr Vertrauen zu gewinnen.

»Ich bin in Wahrheit nicht die Inhaberin der Alhambra«, sagte sie. »Martini ist der Besitzer. Er hatte Gründe, den Besitz zu verschleiern ...«

Kilian blickte auf. Das klang nicht nach freundschaftlichen Gefühlen für den Toten.

»Kennen Sie Roberts?« fragte er plötzlich.

Wieder sah er ihr jähes Erbleichen.

»Roberts ist hier, in Hamburg. Im Hotel sagte man mir, er sei von der Alhambra angerufen worden. Darum bin ich hier: ich hoffte ihn zu finden.«

»Er wird nicht kommen«, antwortete sie.

»Dann muß ich ins Hotel zurückfahren, ihn zu stellen.«

Lisette Martini erhob sich, mühsam, mit verzweifelter Energie.

» Bleiben Sie!«

Sie ging an ihm vorüber, quer durch das Zimmer, und schloß die Tür. Einen Augenblick blieb sie lauschend stehen; dann wandte sie sich zu Gurlitt herum. Und indem sie ihm, gegen die Tür gelehnt, ins Gesicht blickte, sagte sie tonlos:

» Ich bin Charles Roberts' Frau.«

Gurlitt ging auf sie zu; in fassungslosem Staunen hemmte er plötzlich den Schritt; bleich, mit halb geschlossenen Augen, sah sie ihm entgegen.

»Seine Frau ...?«

»Sie sollen alles wissen.« Langsam trat sie ins Zimmer; sie wies auf den Stuhl dort drüben.

Er blieb stehen; unentschlossen murmelte er:

»Sie müssen mir die Wahrheit sagen. Ich muß alles wissen – ist Herr Roberts hier im Hause?«

Sie schüttelte den Kopf. »Ich schwöre Ihnen, daß er nicht hier ist.«

»Dann wird es Zeit, zu handeln«, antwortete er. »Ich werde ins Hotel fahren. Vielleicht ist er schon zurück; sonst werde ich warten, bis er ins Hotel kommt; ich werde Hamburg nicht verlassen, ehe ich ihn gefunden habe.«

»Sie müssen mich anhören. Mir liegt daran, daß Sie alles erfahren.«

Er zuckte die Achseln. »Gnädige Frau – alle meine Interessen sind auf diese eine einzige Karte gesetzt. Sie müssen begreifen, daß ich ... daß ich ...«

»Warten Sie. Sie können selbst mit dem Hotel telephonieren.«

Sie ging ins Nebenzimmer. In der Tür wandte sie sich noch einmal um. »Der Apparat steht in meinem Schlafzimmer; ich hole ihn herüber.«

Die Tür schloß sich hinter ihr; Gurlitt war allein.

Unaufhörlich schlug, wie eine ewige Welle, der Rhythmus des Jazz herüber. Die dunkle Melodie eines Negersongs stieg klagend auf, untermalt vom Klimpern des Banjos; dazwischen, an den Höhepunkten, jaulte das Saxophon:

> Wenn ich Sonntags nachmittags
> Zu meiner Liebsten geh',
> Dann bring' ich bunten Kaliko
> Und Kaffee ihr und Tee.
> Küsse sie dann auf den Mund
> Und mach' es immer so;
> Und wenn sie recht in Stimmung ist,
> Dann tanze ich Jim Crow ...

Stampfender Tanz setzte dröhnend ein; mit einem Höllenlärm nahm die ganze Jazzband die Melodie auf.

So primitiv das Ganze war – Gurlitt fühlte, wie ihn die Fremdartigkeit des Vortrags seltsam ergriff. Ein Duft wie von fernen Ländern, Seegeruch, Seewind, schien aus dieser dunklen Melodie herüberzuwehen; fast gespannt lauschte er dem Sang.

Aber eben ging die Tür auf; Lisette Martini erschien.

»Hier ist das Telephon,« sie schaltete behutsam die Stöpselung ein, »und hier ist auch die Nummer des Hotel Esplanade. Warten Sie – ich werde Sie verbinden.«

Sie nannte eine Nummer in den Apparat und reichte Gurlitt den Hörer.

Das Hotel Esplanade meldete sich. Gurlitt fragte nach Roberts. Das Hotel antwortete, daß Herr Roberts noch nicht wieder zurückgekehrt sei.

Lisette machte ihm ein Zeichen; er reichte ihr den Hörer hinüber.

»Bitte,« sagte sie ins Telephon, »sagen Sie Herrn Roberts, er möge sofort nach seiner Rückkehr bei seiner Frau anrufen; in einer dringenden Angelegenheit.«

Dann legte sie den Hörer nieder. »Jetzt sind Sie in ständigem Kontakt mit dem Hotel. Jetzt können Sie mich in Ruhe anhören. Sagen Sie nur eins: Wofür halten Sie Martini?«

Er zuckte die Achseln, ein wenig zerstreut; deutlich fühlte er das wachsende Unbehagen, das aus Quellen aufstieg, über die er sich keine Rechenschaft geben konnte. »Martini ... ich bin nicht ganz unbefangen. Er war drauf und dran, mir meine Frau zu nehmen; mit verbrecherischen Mitteln.«

Sie sah ihn mit unverhohlenem Erstaunen an. »Sprechen Sie die Wahrheit?«

»Welchen Grund sollte ich haben, die Unwahrheit zu sagen?«

Sie lachte bitter auf. »Dann hat er also mit Ihnen dasselbe Spiel getrieben wie mit Roberts und mir. Er ist einer von denen, die ihre Spekulationen auf dem Umwege über die Frauen führen.«

»Er hat die Zofe meiner Frau durch Geldgeschenke bestochen, meine Briefe zu unterschlagen; dadurch hat er sie in seine Arme gelockt.«

Lisette Martini nickte. »Er hat immer Glück bei den Frauen gehabt. Er hat diese Macht über die Frauen mit kalter Berechnung ausgenutzt: wie ein Zuhälter ... Sie werden erstaunt sein, vielleicht entsetzt über ein solches Wort aus meinem Munde ...

Es war vor fünf Jahren. Da verlebten wir den Sommer in den Dolomiten: mein Mann, mein Vater – und Martini. Mein Vater hatte Roberts sehr ins Herz geschlossen; er hatte ihm ein großes Vermögen ins Geschäft gegeben.«

»Ist Mr. Roberts Engländer?«

Lisette warf einen schnellen Blick auf den Frager. »Wir wohnten im Savoy-Hotel, in Cortina d'Ampezzo. Ich wurde, als blonde Norddeutsche, sehr umschwärmt; einer meiner glühendsten Verehrer war Martini.«

»Hatten Sie ihn auf dieser Reise kennengelernt?«

»Nein. Er verkehrte bei uns im Hause.«

»Wo lebten Sie, gnädige Frau?«

Wieder warf Lisette Martini einen unruhigen Blick auf Gurlitt. Sie schien seine Frage überhört zu haben; sie fuhr fort:

»Da, an einem Augustmorgen, geschah das furchtbare Unglück. Roberts, mein Vater und Martini machten eine gefährliche Bergpartie: auf den Cimone della Pala. Die drei waren angeseilt. Voran ging mein Vater, der ein enragierter Bergsteiger war, in der Mitte mein Mann; als letzter Martini. An einem gefährlichen Grat glitt mein Vater plötzlich aus. Die Wand fällt hier absolut senkrecht etwa tausend Meter steil ab. Der Sturz riß meinen Mann bis an den Rand des Grates; Martini, als dritter, war nicht so unmittelbar in Gefahr. Wie die Katastrophe sich in allen ihren Einzelheiten zugetragen hat, damit will ich Sie nicht aufhalten; ich kann nur sagen, daß es Roberts nicht gelungen ist, meinen Vater zu retten. Mein Vater ist in die Tiefe gestürzt. Sie werden sich das traurige Wiedersehen denken können, unten im Savoy-Hotel. Die beiden, Roberts und Martini, traten scheu und schweigend ein; erst auf meine angstvollen Fragen erfuhr ich das ganze Unglück. Es wurde eine Rettungsexpedition ausgerüstet; man hat meinen Vater nicht gefunden; in den Abgründen des Cimone della Pala, an unzugänglicher Stelle, liegt irgendwo seine Leiche.

Ein paar Tage glaubte ich in Martini einen treuen und ergebenen Freund gefunden zu haben; er versuchte, mich auf alle mögliche Art und Weise zu trösten. Eins machte mich stutzig: Martini wurde merklich kühler gegen meinen Mann. Dann wurde Roberts geschäftlich zurückgerufen. Ich blieb, vielleicht in der unbestimmten Hoffnung, doch noch über das Schicksal meines Vaters zu hören, in Cortina d'Ampezzo; auch Martini blieb. Da, eines Abends, als wir von dem Unglück sprachen, erfuhr ich von Martini das Ungeheuerliche: Roberts hat, um sich zu retten, das Seil durchschnitten. Ich wollte ihm nicht glauben; da zeigte mir Martini zum Beweise das Seil mit der frischen Schnittstelle – und das Messer, mit dem der Schnitt ausgeführt war. Kein Zweifel war möglich: das war das Messer meines Mannes.«

Gurlitt, beunruhigt und erschüttert, fragte leise:

»Und Sie glaubten diesem Mann?«

»Ich wollte ihm nicht glauben; ja, ich erklärte ihm, daß ich ihn für einen Lügner halte. Da erinnerte mich Martini an etwas, was ich völlig vergessen hatte und was das Verbrechen meines Mannes wahrscheinlich machte: Roberts hatte sich durch seine Tat nicht nur das Leben gerettet – sie brachte ihm auch einen ungeheuren finanziellen Gewinn. Denn mein Vater hatte, damals verstand ich nicht viel von geschäftlichen Dingen, mein Vater hatte seinem Schwiegersohn das Kapital gegen eine Lebensrente überlassen; mit dem Tode meines Vaters hörte jede Zinszahlung auf. Sie begreifen ...?«

Gurlitt nickte. »Roberts hatte also ein Interesse an dem Tode Ihres Vaters.«

»Diese Entdeckung warf mich völlig nieder. Ich brachte es nicht fertig, zu meinem Manne zurückzukehren; ich hob mein Vermögen ab und machte Reisen in Europa.

Ein halbes Jahr später traf ich Martini in Hamburg, meiner Heimatstadt. Er schien sehr erfreut über das Wiedersehen; und auch ich kann nicht leugnen, daß er mir nicht ganz gleichgültig war. Er erzählte mir viel von seinen Unternehmungen; und endlich fragte er mich, ob ich seine Frau werden wolle. Aber ich war noch mit Roberts verheiratet – ich bin es heute noch ...«

»Machte Ihr Gatte denn keine Anstrengungen, Sie zurückzugewinnen? Wie nahm er Ihr Verschwinden auf?«

Sie machte eine hilflose Bewegung. »Martini erbot sich, mir alle Korrespondenzen in dieser traurigen und peinlichen Angelegenheit abzunehmen ...«

»Ja«, sagte Gurlitt. »Daran erkenne ich seine Taktik.«

»Nun verwischte und verwirrte sich das Bild aller Dinge in mir so völlig, daß ich nach und nach in Martinis Bann geriet. Erst jetzt, vor wenigen Tagen, habe ich von Roberts, von meinem Manne selbst, erfahren, wie die Dinge in Wahrheit standen. Charles hat mir geschworen, daß er schuldlos sei. Das Seil hat sich an der scharfen Kante des Grats durchgescheuert. Plötzlich, mit einem entsetzlichen Ruck, sind die letzten Hanffasern gerissen, mein Vater ist in die Tiefe gestürzt.«

»Warum glauben Sie Ihrem Gatten jetzt? Bisher haben Sie Martini geglaubt.«

»Weil ich erst jetzt von meinem Manne das Letzte erfahren habe: Martini hat jahrelang finanzielle Vorteile aus seinem Wissen gezogen. Er ist der einzige Mensch, der über den Vorfall Zeugnis ablegen kann. Von Martinis Aussage ist das Schicksal meines Mannes abhängig. Nun: die Behörden haben, auf eine anonyme Denunziation, die Untersuchung gegen meinen Mann eingeleitet. Als Kronzeuge ist Stefan Martini geladen worden. Er hat sich jedesmal, bei jeder neuen Vorladung, an meinen Mann gewandt und ihm die Frage vorgelegt: ›Wünschest du, daß ich aussage – oder möchtest du, daß ich schweige? Es liegt in deiner Hand.‹ Er hat meinen Mann gehetzt und verfolgt bis aufs Blut – bis in die letzte Zeit hinein. Nun, da eine neue Vorladung gekommen ist, ist er mit seiner letzten Forderung hervorgetreten, die die Kräfte meines Mannes überstieg; die Zahlung hätte ihn ruiniert.

Martini blieb unerbittlich: ›Wie du willst.‹ So faßte mein Mann den furchtbaren Entschluß: daß Martini sterben müsse.«

»Haben Sie Ihrem Gatten nicht von der verzweifelten Tat abgeraten?«

Sie schloß die Augen, mit einem müden und traurigen Gesichtsausdruck. »Ich habe mit ihm tausend Möglichkeiten beraten; ich selbst bin zu Martini nach Berlin gefahren, ihn umzustimmen. Er hat mich ausgelacht.«

»Haben Sie Roberts nach dem Morde wiedergesehen?«

»Nein. Er schrieb mir ein paar Zeilen: er werde nach Hamburg kommen. Darauf habe ich Tag für Tag gewartet. Einmal rief er an und sagte mir in aller Eile, er fühle sich beobachtet. Vielleicht verfolgt.«

»Eines kann ich nicht fassen, gnädige Frau. Je länger ich Sie betrachte, desto unbegreiflicher wird es mir: Sie in der ›Alhambra‹?!«

Sie zuckte die Achseln. »Martini hat es verstanden, sich zum Verwalter meines Vermögens zu machen. Um nicht jede Übersicht zu verlieren, habe ich sein Angebot angenommen: die Geschäftsführung der ›Alhambra‹ zu kontrollieren.«

Auf dem Korridor klang ein leiser Schritt auf, der näher kam.

»Waren Sie Martinis Geliebte?« fragte Gurlitt.

Sie sah ihn an; in diesem Augenblick wurde an die Tür geklopft. Ein Herr trat ein, im Frack, nicht mehr jung; vielleicht ein Geschäftsführer.

»Das Hotel Esplanade hat angerufen. Herr Roberts ist abgereist.«

In Lisette Martinis Gesicht trat ein glückliches Lächeln. »Gott sei Dank!« sagte sie leise.

Gurlitt war betroffen aufgesprungen; er blickte dem Geschäftsführer, der zu seiner Verwunderung in der Tür stehen blieb, erstaunt ins Gesicht.

»Herr Roberts ist abgereist?« wiederholte er kopfschüttelnd. »Wohin ist Herr Roberts gereist?«

Der Gefragte zuckte die Achseln. Gurlitt blickte auf Lisette Martini, die stumm an ihm vorübersah.

»Ich will wissen, wohin Herr Roberts gefahren ist!«

»Ich kann Ihnen diese Frage nicht beantworten, Herr Doktor«, sagte Lisette Martini leise. »Sie können nicht von mir erwarten, daß ich Ihnen meinen Mann ausliefern soll.«

»Aber zum Teufel!« Gurlitt schlug zornig auf den Tisch; »ich selbst habe doch mit dem Esplanade-Hotel verabredet, daß man sofort anrufen solle ...«

»Ich muß Ihnen etwas gestehen«, unterbrach ihn Frau Lisette; »Sie haben überhaupt nicht mit dem Hotel Esplanade gesprochen: Sie haben mit der Zentrale der ›Alhambra‹ telephoniert.«

Kilian Gurlitt trat auf die Frau zu. »Sie haben mich also belogen! Warum haben Sie das getan?«

Sie schloß die Augen und sagte leise:

»Ich wollte Sie hinhalten, bis mein Mann in Sicherheit war.«

*

Der Empfangschef des Esplanade-Hotels blickte auf das leere Fach, das dem Zimmer 115 entsprach.

»Nein, mein Herr. Wir wissen nicht, wohin Mr. Roberts gereist ist.«

»Vielleicht kann das Personal Auskunft geben?«

Ein wenig verdrießlich winkte der Chef einen Hausdiener heran. »Haben Sie Mr. Roberts' Gepäck ans Auto gebracht?«

»Gewiß.«

»Wohin ist das Auto gefahren?«

»Ich weiß es nicht, Herr Direktor.«

»Zum Teufel –, welches Ziel hat denn Mr. Roberts dem Chauffeur gesagt?«

»Gar keins. Es war sehr merkwürdig. Der Herr hat mich abgeholt und hat gesagt, ich solle einmal nachsehen, ob vielleicht noch Briefe für ihn da seien. Als ich wieder herauskam, war er abgefahren.«

»Das sieht nach Absicht aus«, sagte der Hotelmann erstaunt.

Gurlitt kam ein Gedanke. Hier war eine letzte Hoffnung: vielleicht daß in dem Zimmer, das Roberts eben verlassen hatte, sich irgendein Anhalt finden würde.

»Ich möchte das Zimmer 115 haben.«

»Sehr wohl, mein Herr. Darf ich bitten«, damit schob er Gurlitt den Meldezettel hinüber.

Gurlitt reichte das ausgefüllte Formular dem Mann hinter der Rezeption zurück. Der warf einen Blick darauf; dann sagte er plötzlich:

»Herr Doktor Gurlitt ...? Eine Dame war hier; sie hat zweimal nach Ihnen gefragt.«

Léonie ...? dachte Gurlitt; gleichzeitig spürte er das Glücksgefühl, das jäh in ihm aufstieg.

»Die Dame hat diese Karte für Sie hinterlassen.«

Gurlitt nahm den kleinen weißen Karton in die Hand; nein, das war nicht Léonies Karte. Zu seiner Überraschung las er den Namen: Janna Lynd.

»Die Dame hat sich ziemlich lange im Vestibül aufgehalten; dann hat sie diese Karte geschrieben und ist hinausgegangen; unmittelbar nach Herrn Roberts. Seither ist sie nicht mehr zurückgekommen.«

Gurlitt drehte unschlüssig die Karte in der Hand. Auf der Rückseite stand in eiligen Zügen:

» Nehmen Sie hier im Hotel Wohnung.«

»Das Zimmer ist fertig, mein Herr. Sie können es sofort beziehen.«

Gurlitt fuhr mit dem Boy hinauf. Die Fenster blickten auf den Botanischen Garten; jenseits der Lampenreihe lag das dunkle Gewirr der blätterlosen Bäume. Gurlitt schaltete das Licht ein; er blickte aufmerksam um sich, immer in der unbestimmten Hoffnung, irgendeine leise Spur zu finden.

Aber man schien gewissenhaft aufgeräumt zu haben; während er fieberhaft weitersuchte, erkannte er selbst, wie kindlich er sich an eine letzte Hoffnung geklammert hatte.

Nun waren wieder alle Zusammenhänge zerrissen. Alles war beziehungslos, zerflattert, ins Ungewisse zerstoben; er stand mit leeren Händen da, wie je und je. Niemand war, der seiner Not gedachte.

Niemand ...?

Das Lärmen der Autos verstummte allmählich hinter den Fenstern; die Lichter des Bahnhofs dort drüben erloschen; der Schlaf der Nacht legte sich über die Stadt.

Mißmutig und verdrossen schloß Gurlitt die Vorhänge.

Es klopfte.

»Ein Telegramm!«

Er öffnete erstaunt; während er es aufriß, gingen ihm hundert Gedanken durch den Kopf.

Es war ein Radiogramm von Janna Lynd: aus dem Zuge Hamburg – Hoek van Holland:

Im Abteil mir gegenüber sitzt Charles Roberts. Er hat Billett nach London genommen. Versuchen Sie mit allen Mitteln, London zu kommen. Erwarte Sie dort Hotel Balmoral.

Janna Lynd.

V.

Nach einer fast schlaflosen Nacht, erfüllt von unruhigen und fiebernden Gedanken, erhob sich Kilian Gurlitt müde und zerschlagen. Er sah auf die Uhr; es war kurz nach sieben; er war sonst kein Frühaufsteher; aber es litt ihn nicht mehr im Bett. Es galt zu handeln, etwas zu unternehmen – es galt nach London zu kommen. Der Gedanke hatte ihn in seine wirren Träume hinein verfolgt. Immer wieder war Léonies Bild vor ihm aufgetaucht, so als ob ihm das Unterbewußtsein zuflüsterte: Léonie muß helfen!

Er öffnete das Fenster. Graue Dämmerung lag über den kahlen Bäumen. Das Nebelhorn eines fernen Dampfers kam durch die Stille; drüben, von der Seewarte, schimmerte rotes Licht: Sturmwarnung.

Nach London ...

Man mußte seine Notlage begreifen; man mußte seine Argumente anerkennen. Es gab keinen Menschen, der jenen Roberts, jenen Harrendorf kannte, der ihn rekognoszieren konnte – außer ihm, Kilian Gurlitt, selbst. Alles andere war ein Tasten im Dunkel, abhängig von Zufällen; es konnte glücken, aber ebenso leicht konnte es fehlgehen. Jener Roberts war aller Wahrscheinlichkeit nach Engländer, oder doch englischer Staatsangehöriger; ganz sicher, die englischen Behörden würden einer Beschuldigung aus Deutschland gegenüber einem britischen Bürger skeptisch gegenübertreten; er mußte ihm die Beschuldigung, der Mörder Martinis zu sein, ins Gesicht schleudern. Gewiß: Janna Lynd war klug und energisch; sie war sicher im Begriff, die Wege zu ebnen, alles vorzubereiten; aber daß das letzte Wort von ihm kommen mußte, bewies ihr Telegramm.

Während er sich ankleidete, überkam ihn ein Gefühl: so als ob man unterwegs ist zu einem Zug, einem wichtigen, einem lebenswichtigen Zug, von dem man genau weiß, daß man ihn nicht mehr erreichen wird: während man auf die Uhr sieht, begreift man, daß in zwei, drei, vier Minuten dieser Zug abgehen wird; vielleicht daß man ihn noch erreichen könnte, wenn nichts dazwischen kommt; aber ein einziges Haltesignal eines Schutzmanns, ein einziges Hindernis, wie es sich immer einstellt, wenn es sich nicht einstellen darf – und nun, während man den Sekundenzeiger beobachtet, weiß man plötzlich: daß der Zug eben aus der Halle fährt.

Er fühlte, wie ihm der Angstschweiß ausbrach; die Wände des Zimmers, der fahle Tag jenseits der seidenen Vorhänge, alles war drohend, unheilsschwanger, erfüllt von Gefahren. Auf den Sonnengardinen malte sich undeutlich der Schatten der Fenstersprossen; während er auf die dunklen Vierecke starrte, schienen sie deutlicher, schwärzer, gefährlicher zu werden; auf einmal hatte er das Gefühl, in einer Zelle gefangen zu sein. Die Wände dieses Zimmers, glatt, erbarmungslos, undurchdringlich, engten ihn ein; waren das die Nerven, oder war es mehr: war es das Vorahnen von etwas Kommendem, das seine überreizten Sinne erfühlten?

Er mußte unter Menschen sein; er mußte den Klang ihrer Sprache hören, er mußte wissen, daß er zu ihnen gehörte, noch, noch, noch; er mußte ruhiger werden.

Hastig ging er hinunter in den Frühstückssaal.

Wohlige Wärme empfing ihn. Hier war alles sorglos, blitzend, von einer diskreten, unpersönlichen Kultur. Hier war das Grau jenseits der hohen Fenster belanglos; das Licht, das freundliche Licht der Lüster durchtränkte den Raum mit sonnenähnlichem Glanz.

Der Kellner brachte das Frühstück; diskret legte er die Zeitung neben das Gedeck. Gurlitt entfaltete sie mit nervöser Hast; in dieser fremden Stadt kreisten die Interessen um andere Dinge; das bedeutete wohltätige Entspannung.

Er überflog zerstreut das Feuilleton und blätterte weiter.

Plötzlich fiel ihm der großgedruckte Name ins Auge: Léonie Storm.

Der Name seiner Frau ...

Und dann las er, daß Léonie Storm heute abend im Thalia-Theater gastieren werde. In einem englischen Stück: »Finden Sie, daß Constance sich richtig verhält?«

War das ein Fingerzeig? Wollte das Schicksal ihn bei der Hand nehmen, ihn zu der Frau führen, zu der er gehörte – um deren Besitz er gebangt hatte, deren Verlust ihn fast in den Tod getrieben hatte?

Das war ein gutes Omen. Seine Frau war gekommen; Léonie war hier; er fühlte, wie ihm der Gedanke an sie freudige Entschlossenheit gab. Nun wußte er, wofür er kämpfte; nun sah er ein Ziel. Die Behörden würden nicht unerbittlich sein. Man mußte ihm die Möglichkeit geben, sich zu rehabilitieren, sich von dem furchtbaren Verdacht zu reinigen; diese Reise ins Ausland war eine Lebensnotwendigkeit. Mochte man ihm einen Begleiter beigeben ...

Er erhob sich mit neuer Zuversicht.

*

»Ihr Name ist uns nicht unbekannt, Herr Doktor Gurlitt«, nickte der Inspektor. »Bitte nehmen Sie Platz.«

Gurlitt sah verstohlen auf den Mann ihm gegenüber. Er war groß, schlank, von englischem Typ; das frische Gesicht trug den Ausdruck einer höflichen Distanziertheit. »Berlin hat uns von Ihrer Angelegenheit in Kenntnis gesetzt; wir wußten schon, daß Sie kommen würden, ehe Sie uns vom Hotel gemeldet wurden.«

»Sie kennen also vermutlich die Situation, in der ich mich befinde ...«

»Den Fall Martini? Natürlich!«

Gurlitt zog Jannas Telegramm. Der Inspektor las es mit höflicher Gelassenheit und reichte es Gurlitt mit freundlichem Lächeln zurück. »Und?«

»Sie sehen, Herr Inspektor: ich stehe kurz vor der Aufklärung des Falles.«

»Verzeihung –« der andere machte ein verwundertes Gesicht – »ich muß gestehen, daß ich das keineswegs sehe.«

»Aber jener Roberts ist der Mörder Martinis!«

»So so. Der Mörder Martinis, sagen Sie. Das wäre nicht schlecht. Übrigens – wer ist das: Janna Lynd?«

Ein wenig zögernd antwortete Gurlitt:

»Fräulein Janna Lynd ... Fräulein Lynd ist eine Journalistin, die sich die Aufklärung des Falles Martini zur Aufgabe gemacht hat.«

»Also eine Bundesgenossin?« nickte der Inspektor.

In leichtem Ärger antwortete Kilian:

»Fräulein Lynd kennt den Fall genau. Sie weiß daher, daß ich schuldlos bin. Deshalb ruft sie mich nach London.«

Der Inspektor sah schweigend vor sich nieder. In merklich kühlerer Tonart fragte er plötzlich: »Und was verschafft mir die Ehre Ihres Besuches?«

» Ich muß nach London, Herr Inspektor.«

Wieder antwortete ein erstauntes Lächeln. »Verehrter Herr Doktor, wir sind unter erwachsenen Männern. Wollen wir uns im Ernst über ein derartiges Ansinnen unterhalten? Wollen Sie im Ernst die Antwort von mir hören? Die selbstverständlich nur ein Nein sein kann?«

»Wie dieses Telegramm beweist, ist Roberts gefunden, ist Roberts ...«

»Aber wer ist denn eigentlich Roberts? Wie kommen Sie darauf, daß Roberts der Mörder sein soll? Ebensogut können Sie mir erzählen, ich sei der Mörder!«

»Wollen Sie mich ein paar Minuten anhören, Herr Inspektor?«

Der Beamte zog die Uhr. »Bitte.«

»Roberts ist der Mann, der in jener Nacht zu mir kam und mich bat, den Mord auf mich zu nehmen.«

»Das ist ein Novum.«

»Man wird es Ihnen in Berlin bestätigen. Dieser Roberts ist der Mörder Martinis. Er selbst hat es mir gestanden.«

»Hm.« Mit einem schnellen Blick in Gurlitts Gesicht fragte der Inspektor: »Womit können Sie das beweisen?«

»Beweisen ... Ich kann es leider nicht beweisen. Er verlangte von mir die Ausstellung eines Reverses.«

»Wo befindet sich dieser Revers?«

»Ich weiß es nicht.«

Der Inspektor stand auf. »Auf Grund welcher Tatsachen also, bitte beantworten Sie mir diese Frage, beanspruchen Sie einen Paß?«

Gurlitt zuckte die Achseln. »Man könnte, wenn es unbedingt sein muß, mir jemanden mitgeben, der dafür sorgt, daß ich nicht fliehe.«

»Ins Ausland? Hoffentlich glauben Sie selbst nicht, was Sie da sagen.«

Auch Gurlitt hatte sich erhoben. »Man läßt mich also einfach im Stich? Ich biete Beweismöglichkeiten an, sie werden mit kühlem Lächeln zurückgewiesen; es gibt eine Möglichkeit, den wahren Mörder zu ermitteln, man macht von dieser Möglichkeit keinen Gebrauch? Ich bin unschuldig, ich könnte es in London beweisen – Sie verweigern mir die Hilfe, diesen Beweis anzutreten?«

Der Beamte machte eine bedauernde Handbewegung. »Es ist möglich, daß Sie unschuldig sind, Herr Doktor Gurlitt. Aber es wäre ebensogut möglich, daß dieses Fräulein Lynd Ihre Bundesgenossin wäre – und daß dieses Telegramm nur den einen Zweck hätte: Ihnen eine Flucht ins Ausland zu ermöglichen. Wir sind berufsmäßige Skeptiker, Herr Doktor Gurlitt; das werden Sie bei einigem Nachdenken begreifen müssen. Wenn Sie Grund haben, zu behaupten, daß dieser Roberts der wirkliche Mörder ist, so wird die Behörde diese Spur verfolgen.«

»Soviel ich weiß, hören die Machtmittel der deutschen Behörde an der Grenze auf.«

»Wir werden uns mit den englischen Behörden in Verbindung setzen ...«

»Dieser Roberts ist Engländer. Zum mindesten ist er englischer Staatsangehöriger. Glauben Sie nicht, Herr Inspektor, daß die englischen Behörden schwer von der Schuld eines britischen Bürgers zu überzeugen sein werden? Zumal wenn der Ankläger ein Deutscher ist?«

Der Inspektor wiegte den Kopf.

»Noch eins kommt hinzu: der einzige, der jenen Roberts gesehen hat, der einzige, der ihn rekognoszieren kann, bin ich. Wenn ich ihm gegenüberstehe, ihm die Tat ins Gesicht schreie – dann wird er sie im Ernst nicht leugnen können. Jedem Dritten gegenüber wird er mit Einwendungen antworten, die man ihm nicht widerlegen kann.«

»Man wird Ihnen Gelegenheit geben, sie zu widerlegen.«

»Und wenn dieser Roberts inzwischen merkt, daß er verfolgt wird? Wenn er mit dem nächsten Dampfer nach Amerika fährt?«

»Ja«, sagte der Inspektor und ging zur Tür; »die Situation ist für Sie ungünstig; daran ist kein Zweifel.«

»Und es besteht keine Möglichkeit, mir eine Ausreiseerlaubnis zu geben?«

»Es besteht keine.«

*

Der Himmel schien noch grauer geworden zu sein, als Gurlitt den Neuenwall hinaufging, der Alster zu. Wie bedrückt ihm plötzlich die Gesichter der Menschen schienen! Sie gingen ihren Geschäften nach, sie hasteten aneinander vorüber; aber jeder einzelne trug seine unsichtbare Kette mit sich; jeder war gefesselt, durch fühlbare Fäden gefesselt an einen ungeheuren unsichtbaren Ring, um den alles kreiste, was Leben hatte. Es gab kein Entweichen, es gab keine Freiheit des Handelns, der Entschlüsse; hier und da mochte einer den Versuch machen, den Trott zu ändern, den Takt seiner Schritte, die Richtung seines Blicks zu wechseln; augenblicklich traf ihn die unsichtbare Peitsche, die über allen schwebte, über diesem ganzen lebendigen Ring, der rotierte, bis er zusammenbrach.

Auf dem Alsterdamm krächzten die weißen Seemöwen; sie flatterten über dem Wasser, pickten in blitzschnellem Flug nach den Körnern, froh ihres wilden jungen Daseins. Ach, auch ihre Freiheit war eine Täuschung; sie waren erdgebunden, Glieder eines geordneten Staatswesens; sie gehörten den Menschen, die sie fütterten, nicht eine war unter ih-

nen, die nicht demütig in die Gewalt der Menschen heimkehrte, wenn der Hunger kam.

Dort war das Theater; schon von weitem leuchtete in großen Lettern der Name: Léonie Storm.

Er ging zum Bühneneingang und fragte nach Léonie.

»Frau Storm hatte um halb elf Arrangierprobe. Wenn Sie solange warten wollen; hinter der Bühne ist das Konversationszimmer.«

Gurlitt ging die Treppe hinauf; obwohl niemand zu sehen war, fühlte man das emsige Leben, das durch dieses Haus vibrierte.

Irgendwo ging eine Tür; ein Gruß klang auf, ein leichter Schritt kam ihm entgegen – die Treppe herunter kam Léonie.

Sie erblickte ihren Mann und stieß einen leisen Schrei aus: »Kilian!«

Er blieb stehen, unschlüssig, in zärtlicher Freude, dennoch ungewiß, wie sie ihm begegnen würde.

»Kilian!«

Sie trat auf ihn zu und umarmte ihn. Er preßte sie an sich, stumm, in der überquellenden Freude des Wiedersehens.

»Wie blaß du bist, Kilian«, sagte sie, ihn zärtlich und mitleidig anblickend. »Du hast Kummer, Kilian, ich weiß es, daß du Kummer hast. Komm, wir wollen um die Alster gehen, das wird uns beiden guttun; ich habe ein bißchen Kopfschmerzen. Wir können dann irgendwo frühstücken, im Alsterpavillon vielleicht. Der Direktor war sehr liebenswürdig, die Vorstellung ist ausverkauft. Aber ich werde mir einen Sitz für dich geben lassen, in der Direktionsloge.«

Über dem Häusermeer ballten sich die Wolken; der Wind kam in wirbelnden Stößen, weich und feucht, herüber von der Nordsee, von den Schleswigschen Marschlanden; in lustigem Spiel sprengte er die Wolken; lächelnd und sieghaft brach einen Moment die Sonne durch das Gewölk. Alles war plötzlich übergossen von ihrem tröstlichen Licht: die Häuser, die blinkenden Dächer, die Gesichter der Spaziergänger.

Er hatte Léonies Arm genommen; zärtlich schmiegte sie sich an ihn; die Vorübergehenden blickten ihr ins Gesicht; in ihren Mienen schimmerte ein Lächeln auf, wie ein Widerglanz von Léonies strahlender Schönheit. Er sah es; stolz auf seine schöne junge Frau, drückte er ihren Arm.

»Hast du mich noch lieb?« fragte er leise.

Sie deutete hinüber. »Dort ist der Alsterpavillon.«

»Du sollst mir sagen, ob du mich lieb hast.«

Sie blickte sich unruhig um. »Kennst du den Herrn, der dort drüben geht? Sieh vorsichtig hinüber.«

Er tat es. »Ich weiß nicht, wen du meinst.«

»Er stand an der Ecke der Raboisen, als wir aus dem Theater kamen; ich bemerke, daß er uns die ganze Zeit über nachgegangen ist.«

Beunruhigt sah Gurlitt hinüber. Ja: er hatte den Mann, der dort drüben ging, sicher schon gesehen. Er wußte genau, daß er ihn kannte; aber er konnte sich nicht erinnern, wo er ihn gesehen hatte.

»Wie steht die Sache Martini?« fragte Léonie seufzend.

Da war der Alsterpavillon.

Sie gingen hinein, auf die Alsterveranda, die den Blick freigab auf die schimmernde Wasserfläche, auf der weiße Segel glitten.

Gurlitt spähte um sich; von dem Fremden war nichts zu sehen.

»Woher wußtest du, daß ich gastiere?« fragte Léonie, während er dem Kellner den Auftrag gab.

»Ich las es im Fremdenblatt.«

Sie legte ihre Hand auf die seine. »Hast du dich gefreut, mich zu sehen?«

Er schloß die Augen und nickte.

»Und warum bist du in Hamburg?« fragte sie interessiert.

»Ich habe eine Spur. Eine wichtige Spur: sie führt geradenwegs auf den Mörder zu.«

»Auf diesen Roberts? Der existiert also wirklich?«

Er sah sie befremdet an. »Hast du jemals daran gezweifelt?«

»Hör mal, Kilian«; ihr Gesicht wurde ernst; »ich muß etwas mit dir besprechen.«

»Nun?« fragte er aufhorchend.

»Ich fahre von hier nach London; in London gehe ich an Bord der ›Yoshiwara‹. Du weißt, welche Hoffnungen ich auf Amerika setze; und nun kommt mir deine fatale Mordaffäre dazwischen. Brause nicht auf«; sie machte eine beschwichtigende Handbewegung. »Wir wollen kein Wort darüber verlieren, ob du schuldig bist oder ob du unschuldig bist. Aber du weißt, wie prüde die Amerikaner in dergleichen Dingen sind. Ich gelte als die Frau eines ... eines des Mordes Beschuldigten; ich weiß nicht, ob es schon bekanntgeworden ist; aber ich muß damit rechnen, daß die Zeitungen darüber schreiben werden, wenn meine Abreise angekündigt wird. Ich fürchte allen Ernstes: man wird mir drüben Schwierigkeiten machen. Du weißt, wie man den armen Charlie Chaplin boykottiert hat – mein Manager sagte mir, daß ich etwas Ähnliches zu erwarten habe, wenn nicht ... wenn nicht ...«

»Du willst dich von mir trennen, Léonie?«

Der Kellner erschien mit dem Frühstück; die beiden schwiegen, während er servierte.

»Nun, Léonie?«

Sie zuckte hilflos die Achseln. »Du weißt, wie sehr mir meine Karriere am Herzen liegt. Es ist direkt ein Geschenk des Himmels, dieses Engagement nach Amerika. Du mußt es begreifen, Kilian: ich kann das alles nicht aufs Spiel setzen.«

»Und ich? Und du? Gehören wir beide nicht zusammen? Sag' mir das eine, Léonie«, er nahm ihre Hand: »hast du nicht das Gefühl, daß Mann und Frau ein solches Unglück gemeinsam tragen müssen?«

Sie wiegte den Kopf. »Sag' selbst: was könnte ich dir nützen? Du bist in deinen Bewegungen viel freier, wenn du nicht Rücksicht auf einen andern zu nehmen hast.«

»Du läßt mich also in diesem Kampf um mein Recht allein?«

Ein wenig ungeduldig antwortete sie: »Ich sagte es schon einmal, Kilian: was könnte ich dir nützen?«

»Das Bewußtsein, daß du an mich glaubst, würde mir Kraft geben. Der Gedanke, ein Ziel zu haben: mit reinen Händen zu dir zurückzukehren, nur dieser Gedanke, Léonie, hat mich aufrecht gehalten.«

In ihre Augen trat ein freudiges Lächeln. »Aber du verstehst mich falsch. Wenn du deine Unschuld bewiesen hast, Kilian – und du bist doch überzeugt, daß du sie beweisen kannst –, dann wirst du zu mir kommen. Nach Amerika. Und wir werden zum zweiten Male heiraten.«

»Du denkst an Scheidung?«

»Es tut mir leid – ja: ich denke an Scheidung. Und du wirst mir nichts in den Weg legen, Kilian. Hörst du? Wenn du mich lieb hast, muß dir meine Karriere heilig sein.«

»Du ... du ... deine Karriere ... deine Interessen – immer nur du! An mich denkst du überhaupt nicht.« Er zog das Telegramm. »Ich bin unmittelbar vor der Lösung – wenn es nur eine Möglichkeit gäbe, nach London zu kommen – morgen würde ich dir den Mörder zeigen können.«

Sie nahm das Telegramm und las es aufmerksam.

»Janna Lynd ... ist das die hübsche junge Dame, die dich damals, nach deiner Vernehmung, erwartete?«

»Sie glaubt an meine Schuldlosigkeit – und sie hilft mir, sie zu beweisen.«

»Dieses Fräulein Lynd scheint ein auffallendes Interesse für dich zu haben.«

»Gibt es nur die eine Erklärung?«

»Du kennst die Frauen nicht. Also viel Glück! Ich wünsche dir alles Gute. Ich habe eine Verabredung: ich muß zum Photographen. Willst du mich begleiten?«

Er schüttelte den Kopf.

»Wir essen nach der Vorstellung bei Schümann: der Direktor und ich, mit einigen Kollegen. Willst du dich anschließen?«

»Nein, Léonie.«

»Vielleicht überlegst du dir's noch. Ich wohne im Atlantik. Auf Wiedersehen!«

Seltsam: während er ihr nachsah, fühlte er, daß, zum ersten Male, dieser Schlag ihn nicht zu Boden geworfen hatte. Wie im Kampf um sein Recht, im Kampf gegen Schein, gegen Schicksal, gegen Léonie, gegen alle, seine Willenskraft, seine Energie sich gesammelt, sich gestrafft, gestärkt hatte! Auch sie hatte ihn verlassen – mochte es drum sein!

Er erhob sich.

Der Kellner erschien. Er zahlte.

Während er den Jungfernstieg hinaufging, überschlug er die Chancen seiner Situation. Einen Paß zu erhalten war unmöglich. Aber war denn der obrigkeitlich abgestempelte Schein alles – war der Mann nichts? Das mochte zutreffen für brave Staatsbürger, die in ihrem gleichmäßigen Trott dahindämmerten, denen ein gütiges Schicksal jeden rauhen Wind fernhielt. Wer in Gefahr stand, in Lebensgefahr, sah die Dinge mit anderen Augen an. Man hörte von genug Menschen, die ohne Paß hinausgekommen waren. Und er hatte ein ungeheures Plus vor ihnen voraus: er reiste nicht, um zu fliehen – er verließ das Land, um wiederzukehren, seine Rehabilitierung in den Händen. Er mußte den Versuch machen, komme was da wolle. Dieses Gefangensein, diese Bewegungslosigkeit trieb ihn in die Verzweiflung. Er mußte es probieren – auf die Gefahr hin, daß der Versuch mißglücken würde.

Er trat in das Reisebüro, das dort, pavillonartig, unmittelbar vor der Freitreppe lag, die zu den Alsterdampfern führte.

»Ein Billett nach London.«

»Besitzen Sie einen Paß?« fragte der Verkäufer.

Gurlitt stutzte; aber der Verkäufer blickte gleichmütig drein.

»Sonst übernehmen wir die Besorgung der Pässe gegen ein geringes Entgelt.«

»Ich habe einen Paß.«

Während der Verkäufer an das Kartenfach trat, ging die Tür. Gurlitt wandte sich, fast ohne es zu wissen, ein wenig herum. Er fuhr zusammen: das war jener Fremde, der vor einer Stunde Léonie aufgefallen war. Der Ankömmling ging, scheinbar ohne Gurlitt zu beachten, auf den Schaltertisch zu; ein Herr, der an einem Schreibtisch gesessen hatte, erhob sich; die beiden sprachen leise miteinander; Gurlitt beobachtete von der Seite, daß sie zu ihm hinübersahen.

»Hundertfünfundvierzig Mark«, sagte der Verkäufer, den Fahrschein in der Hand. »Wünschen Sie Schlafwagen?«

In diesem Augenblick trat der zweite Beamte hinzu. »Verzeihung, mein Herr: Sie sind Herr Doktor Gurlitt aus Berlin, nicht wahr?«

»Gewiß.«

»Darf ich Ihren Paß sehen?«

»Ich habe ihn nicht bei mir.«

»Ich bitte um Entschuldigung; wir dürfen Ihnen kein Billett aushändigen.«

»Warum nicht?«

»Ich glaube, Sie wissen selbst am besten warum nicht. Außerdem wäre das Billett nutzlos: Sie würden nicht über die Grenze kommen.«

Gurlitt blickte hinüber zu dem Fremden, der teilnahmslos, scheinbar gelangweilt, am Kassenschalter stand; dann zuckte er die Achseln und ging mit kurzem Gruß hinaus.

Er hatte kaum die Tür hinter sich geschlossen, als sie sich von neuem öffnete. Es konnte nur jener Fremde sein.

»Herr Doktor Gurlitt!«

Er blieb stehen und blickte zurück. Es war in der Tat der Fremde; indem er ihm ins Gesicht blickte, wußte er genau, daß er ihn kannte.

»Erkennen Sie mich nicht wieder?« fragte jener. »Ich bin der Geschäftsführer der ›Alhambra‹.«

»Warum verfolgen Sie mich?«

»Begreifen Sie das nicht? Ich tue es auf höheren Befehl.«

Blitzschnell kam es Gurlitt in den Sinn: Lisette Martini ...

»Ich kenne ungefähr die Zusammenhänge. Ich bin beauftragt, Ihre Abreise zu verhindern. Nun, ich habe meine Pflicht getan. Übrigens habe ich Sie vor einer großen Dummheit bewahrt: man hätte Ihre Fahrt ohne Paß als Flucht ausgelegt.«

»Und nun?« fragte Gurlitt.

»Nun ist meine Pflicht erfüllt. Kommen Sie, wir wollen drüben bei Möller eine Flasche Wein trinken.«

»Ist das Ihr Ernst? Sie haben mich verfolgt, haben mich geschädigt; und nun erwarten Sie, daß ich mich mit meinem Feind an einen Tisch setzen soll?«

Der andere blieb stehen und lächelte. Er hatte ein nicht unsympathisches, eher gutmütiges Gesicht, kleine, schlaue, flinke Augen; dieser Mann, der die Großstadtnacht in allen ihren Schattierungen kannte, der sie als Zuschauer erlebte, als kühler über den Dingen stehender Menschenkenner, dem mochte ein Schicksal wie dieses: das Schicksal eines Gehetzten, Verfolgten, Bedrohten, nichts Besonderes bedeuten.

»Ich möchte etwas mit Ihnen besprechen«, sagte er. »Etwas, was Sie interessieren wird. Sie wollen nach London, soviel weiß ich. So wie Sie es angefangen haben, wäre es unter keinen Umständen geglückt. Aber ich wüßte eine andere Möglichkeit; und eben über die möchte ich mit Ihnen sprechen.«

Sie gingen der Bergstraße zu. Etwas in dem Gehaben dieses Mannes erweckte Vertrauen. Vielleicht nicht jenes Vertrauen, das man zu einem Freunde hat, der es gut mit einem meint; eher das Vertrauen, das man zu einem Manne faßt, von dem man weiß, daß er ein tüchtiger Geschäftsmann ist.

»Wissen Sie denn noch eine andere Möglichkeit? Einen legalen Weg?«

Sie überquerten eben die Hermannstraße.

»Nun ... einen legalen ... das Wort ist ein bißchen übertrieben.«

Winkte hier wirklich eine Rettung? Dieser Mann, der mit zielbewußten Schritten neben ihm herstapfte, sah nicht aus wie einer, der sich mit Zwecklosem befaßt.

»Sie müßten sich allerdings entschließen, vorübergehend einen anderen Namen zu führen. Ich denke, das wird Ihnen nicht viel ausmachen.«

»Einen falschen Paß?« fragte Gurlitt.

Sie bogen zur Linken ein, in die Steinstraße.

»Falscher Paß ist nicht das richtige Work. Der Paß ist echt: ausgestellt, gestempelt, alles richtig, von den englischen Behörden. Bloß die Photographie ... wir haben da ein besonderes Verfahren ... haben Sie zufällig Ihr Bild bei sich?«

»Ich glaube.«

»Dann können Sie in zehn Minuten im Besitze eines gültigen Auslandspasses sein, auf den Sie jeder Polizeibeamte anstandslos passieren läßt.«

Sie gingen an der Petrikirche vorüber, die Straße hinauf; zur Rechten öffnete sich ein schmaler Gang, nur wenige Fuß breit; die Häuser, uralt, mit Fachwerk durchsetzt, schienen sich einander zuzuneigen; die Fenster gingen nach außen; unter den Fenstern Holzstangen mit flatternder Wäsche. »Kattrepel« stand auf dem Straßenschild.

Aus den Häusern kam Musik; fast in jedem Hause war eine Kneipe. Frauen, halb entblößt, standen in den Eingängen; Kinder balgten sich auf den Kopfsteinen.

Vor einem Hause blieben sie stehen. Im Erdgeschoß eine kleine Seemannswirtschaft mit englischer Inschrift: » Wine, Beer and Spirits«. Darunter stand: » Sailor's Home«. Auf der anderen Seite, wie eine Konzession an den Lokalpatriotismus, der plattdeutsche Gruß: »Hest all affsträngt?«

Die beiden gingen an der Tür vorüber, aus der Grammophonmusik kam und das kreischende Gelächter von Frauen. Am Ende des Korridors war eine kleine Tür; der Voranschreitende öffnete sie; die beiden traten ein.

Das Zimmer war verhältnismäßig behaglich eingerichtet: rote Plüschmöbel, mit gehäkelten Antimakassars. Auf dem Vertiko stand, in einem Gestell montiert, eine Flasche, in die auf rätselhafte Weise ein Schiff eingelassen war, das mit vollen Segeln auf den Flaschenhals zusteuerte. An den Wänden alte hamburgische Bilder: der Hamburger Berg, die Torsperre, der Hamburger Trichter.

Der Geschäftsführer öffnete die Tür, die nach vorn führte: eine dröhnende Musikwelle schlug herein. »Einen Augenblick«, murmelte er und ging hinaus.

» Wackelora«, sagte eine tiefe Seemannsstimme. Gurlitt fuhr entsetzt herum. Dort drüben, neben dem Eckschrank, saß unbeweglich ein grauer Papagei; er war mit einer kleinen Kette an seiner Stange befestigt.

»Mein Name ist Krischan Cohrs«, sagte der Papagei, immer in demselben Seemannston.

Gurlitt trat interessiert näher. Der Vogel blickte ihn aus seinen klugen runden Augen aufmerksam von der Seite an; dann kniff er ein Auge zu und sagte:

»Tausend Mark bitte.«

Ein Schritt klang auf; der Papagei wandte den Kopf zur Tür.

Herein trat ein untersetzter Mann, mit den breit ausladenden Schritten des Janmaaten; er sagte:

»Mein Name ist Krischan Cohrs.«

Gurlitt unterdrückte ein aufsteigendes Lachen: Herr Cohrs sprach genau im Tonfall des Papageis.

»Nehmen Sie man Platz«, sagte Herr Cohrs jovial. Er trug eine gestrickte braune Wollweste, doppelreihig geknöpft; darüber einen breiten Klappkragen, dessen spiegelnde Weiße an Gummi denken ließ; unter dem Kragen bauschte sich eine pompöse hellblaue Plastronkrawatte, in der als Nadel eine riesige Koralle steckte. Das rosige Vollmondgesicht war glattrasiert.

»Sie wollen wech. Nech?«

»Wie meinen Sie?« fragte Gurlitt.

»Und nu brauchen Sie 'n klein büschen Paß. Nech?«

»Paß«, nickte Gurlitt. Das war das einzige Wort, das er verstanden hatte.

»Tje, mein Kollege hat mir allens erzählt. Haben Sie amende 'ne Photographie da?«

Gurlitt zog die Brieftasche und überreichte Herrn Krischan Cohrs das Gewünschte. Der schloß ein Auge und blinzelte mit dem andern vergleichend von dem Bilde auf Gurlitt; nun sah er genau aus wie der Papagei.

Herr Cohrs erhob sich befriedigt. »Soweit wär allens klar. Nu sagen Sie mir mal ganz offen die Wahrheit: was haben Sie ei'ndlich ausgefressen?«

Gurlitt wollte eine hochfahrende Antwort geben. Aber ein Blick in das kluge und ruhige Gesicht des Herrn Cohrs zeigte ihm, daß die Frage nicht aus Neugierde gestellt war.

Achselzuckend sagte er: »Verdacht wegen Mordes.«

»I gitt«, sagte Herr Cohrs, »das 'n bösen Kram!«

»Was kostet der Paß?«

»Tausend Mark bitte!« sagte der Papagei.

Herr Cohrs drehte sich wütend um.

»Holl dat Muul!« befahl der Papagei sich selbst.

Herr Cohrs hatte die Hände in die Taschen versenkt und ging mit schlingernden Schritten auf und ab.

»Nee«, sagte er, plötzlich vor Gurlitt stehen bleibend. »Der Kram is mich zu riskant. Hier haben Sie Ihre Photographie wieder.«

»Ich muß nach London«, sagte Gurlitt. »Sie müssen nämlich wissen: ich bin unschuldig.«

»Unschuldig«, nickte Herr Cohrs. »Tje, mein lieber Herr: daß sie unschuldig sind, das sagen alle Schuldigen.«

»Mag sein. Aber ich glaube: alle Unschuldigen auch.«

»Da haben Sie recht in«, lachte Herr Cohrs. »Das s–timmt.« Er klopfte Gurlitt auf die Schulter. »Sie sind ja 'n gediegen' Knappen! Also weil Sie es sind: Sie sollen Ihren Paß haben. Aber zweitausend Mark müssen Sie all ausgeben.«

Gurlitt wollte schon die Brieftasche ziehen, da fiel ihm der Vogel ins Auge. Der hatte laut und deutlich zweimal gesagt: Tausend Mark. Das war hier offenbar der Satz, und Herr Cohrs hatte nur ein bißchen aufgeschlagen.

»Tausend Mark«, sagte er. »Mehr kann ich nicht bezahlen.«

Herr Cohrs sah sich wütend nach dem Vogel um; er schien Gurlitts Gedankengänge zu erraten. Er riß mit einer verdrießlichen Bewegung Gurlitt das Bild aus der Hand.

»Denn geben Sie die Tausend Mark man her. Und nu,« er riß die Tür auf, »nu gehn Sie man solange da vorne rein; lassen Sie sich 'n Eiergrog geben, das is was Feines.«

Vorn war es still geworden. Vielleicht wußte man von den Geschäften des Herrn Cohrs in dem kleinen roten Hinterzimmer. Die Anwesenden, Männer und Frauen, nahmen von Gurlitts Eintritt scheinbar keine Notiz; nur gelegentlich, bei einem zufälligen Seitenblick, bemerkte er, daß man ihn beobachtete.

»Einen Eiergrog!« bestellte er gehorsam.

Der Mann hinter der Toonbank zwinkerte verständnisinnig zurück und ergriff ein Hühnerei, das er mit geschicktem Schlag auf der Kante des Glases spaltete.

Gurlitt blickte um sich. Der Nigger dort drüben, groß, herkulisch, mit schlaksigen Bewegungen, aber von gutmütigem Gesichtsausdruck, war sicher ein Seemann; auch die beiden Chinesen, die dort drü-

ben schweigend an einer Art Schachbrett saßen, waren offensichtlich Feuerleute von irgendeinem Überseedampfer. Fast allen Gästen dieses Lokals war das blaue Jackett und die blaue Unterjacke mit dem Anker gemeinsam. Die Frauen, die rundlich, nicht mehr ganz jung, nicht ganz sauber, aber von einem seltsam aufreizenden nordischen Typ waren, blickten mit aufforderndem Lächeln zu Gurlitt hinüber. Sie mochten ahnen, was ihn hierherführte, vielleicht daß sie ihn für einen Defraudanten hielten, dem es auf ein paar Hunderter nicht ankam.

Der Geschäftsführer der »Alhambra« war nirgends zu sehen.

Ein junger Mann, im Sweater, mit Hosen, die sich nach unten erweiterten, ging mit den herausfordernden Armbewegungen eines Ringkämpfers zum Grammophon; er blickte beziehungsvoll zu Gurlitt hinüber, den er für einen Konkurrenten bei den Frauen halten mochte; er ging merkwürdigerweise so, daß er den linken Arm zugleich mit dem linken Bein, das rechte Bein gleichzeitig mit dem rechten Arm bewegte, in einer eigentümlich verstimmenden Gangart, die Arme weit vom Körper gespreizt. Dann legte er eine neue Platte auf das Grammophon, alles mit einem betonten schiefen Schick – so wie einer, der sich über die feinen Manieren lustig macht und sie dennoch gern haben möchte.

Der hemdärmelige Wirt zog behutsam seine Jacke über, stieß die Toonbanktür auf und servierte zierlich den Eiergrog. »Eine Mark«, sagte er.

Gurlitt schielte hinüber. Dort, zwischen Soleiern, Frikadellen, Bratheringen, stand ein kleines Schild: Eiergrog: 35 Pfennig. Der Wirt folgte seinem Blick und lächelte ihm freundlich zu. Vielleicht tröstend.

Eben ging die Hintertür auf; Herr Cohrs kam zurück. Er setzte sich ungeniert zu Gurlitt an den Tisch und deutete mit einem Blick auf den Wirt auf Gurlitts Glas; der Wirt zerschlug ein neues Ei.

Herr Cohrs zog, nach einem angelegentlichen Rundblick durchs Lokal, das Paßbuch. Es war ein englischer Paß, ausgestellt auf: Mister Sidney Spencer aus Manchester; ordnungsmäßig abgestempelt, mit allen Unterschriften und Sichtvermerken: mit dem Visum des Generalkonsulats Hamburg.

»Nu sind Sie gerettet«, sagte Herr Cohrs und klopfte Gurlitt auf die Schulter. »Den Paß könn' Sie jedem Kriminalbeamten in der ganzen Welt unter die Nase halten. Wo bleibt mein Eiergrog, Kuddel?«

VI.

Gurlitt ging schweigend an Janna Lynds Seite durch den Hyde Park, über dem noch die Nebel des frühen Morgens lagen. Janna, die von ihren seltsamen Entdeckungsfahrten durch London berichtete, sah verstohlen in Gurlitts Gesicht: er schien ihr älter geworden, konzentrierter in seinen Bewegungen, härter im Gesichtsausdruck.

»Es war nicht leicht. Das dürfen Sie mir glauben. Ich habe mich einer schweren Beamtenbeleidigung schuldig gemacht und mich obendrein aus dem Abteil weisen lassen müssen – ehe ich seine Adresse hatte.«

Gurlitt schüttelte belustigt den Kopf. »Kann man durch eine Beamtenbeleidigung eine Adresse erfahren?«

»Ich versuchte es zunächst mit leichterem Geschütz. Aber an diesen Roberts war nicht heranzukommen. Er antwortete höflich ›Yes‹ und ›No‹ – und dabei blieb es. Ich weiß heute noch nicht, ob es Mißtrauen gewesen ist oder die traditionelle britische Zurückhaltung. Jedenfalls merkte ich: noch einen Schritt weiter, und er ahnt, was ich will. Aus diesem Grunde zündete ich mir eine Zigarette an.«

»Nanu?«

»Ich hoffte, er würde dagegen protestieren; dann war zum mindesten Gelegenheit zu einer Auseinandersetzung gegeben – ging's nicht im Guten, so war es vielleicht im Bösen möglich. Aber auch dieser Versuch mißlang: er lächelte nachsichtig zu mir hinüber – wir waren allein im Coupé. Auf einer Station, es war zwischen Harwich und London, öffnete er einen Augenblick das Fenster. Das war eine deutliche Demonstration, und ich freute mich, daß ich ihn endlich einmal auf einem Terrain hatte, auf dem er verwundbar war.

Aber wenn ich geglaubt hatte, ihn nun aus seiner Reserve herauszulocken, so hatte ich mich geirrt. Ich schloß also einen Pakt mit dem Schaffner.

›Wollen Sie ein Pfund verdienen?‹ fragte ich ihn. ›Ich sitze dort im Nichtraucher-Coupé und werde mir eine Zigarette anzünden.‹

›Das dürfen Sie nicht, Madam‹, sagte er.

›Eben darum. Sie werden hereinkommen und mir das Rauchen verbieten; darauf werde ich Ihnen ein paar Beleidigungen an den Kopf werfen.‹

›Das dürfen Sie nicht, Madam.‹

Ich überreichte ihm stumm das Pfundstück.

›Sie werden mich also beleidigen‹, sagte er. ›Gut. Was dann?‹

›Darauf werden Sie in furchtbare Wut geraten.‹

›Aber Sie haben mir doch ein Pfund dafür gegeben?‹

›Haben Sie nicht vielleicht einen andern Schaffner bei der Hand?‹ fragte ich.

›Ach, ich verstehe‹, sagte er jetzt. ›Ich soll bloß so tun als ob!‹

›Na also. Sie werden den Herrn um seine Adresse bitten, als Zeugen; und diese Adresse werden Sie mir nachher geben.‹«

»Und der Plan ist gelungen?« erkundigte sich Gurlitt interessiert.

»Absolut. Hier ist seine Karte; der Schaffner wollte sie mir übrigens zuerst nicht aushändigen, weil er sie für das Verfahren gegen mich benötigte:

Charles A. Roberts
7, Hyde Park Gate
South Kensington
London W.«

Gurlitt faßte in die Tasche. »Ich bin zum äußersten entschlossen. Wenn er leugnet, schieße ich ihn nieder.«

»Nun bitte ich Sie um eines, Herr Doktor: keine Voreiligkeit! Zum Niederschießen haben Sie immer noch Zeit. Dort drüben ist Hyde Park Gate – und dort, rechts, das dritte Haus, ist Nummer sieben. Ich habe mir alles genau angesehen. Aber nun muß ich Sie verlassen; denn wenn er mich mit Ihnen sehen sollte, begreift er sofort alle Zusammenhänge. Und das ist zum mindesten überflüssig. Sie treffen mich im Hotel Balmoral.«

Kilian Gurlitt ging die kurze Villenstraße hinunter; er fühlte, wie sich seine Haltung, seine Muskeln, seine Kräfte strafften; er fühlte, daß jetzt, da er vor der letzten Pforte stand, alles von ihm abfiel, was hindernd, hemmend, schwächend gewesen war. Die Ungewißheit hatte ihn gelähmt; jetzt, da es galt, den Arm auszustrecken, den Schlag zu führen – jetzt war alles wie fortgeblasen; er fühlte, ein wenig verwundert über sich selbst, daß er der letzten entscheidenden Wendung gegenüberstand wie ein Mann: ruhig, entschlossen zur Tat.

In diesem Moment geschah das Unerwartete: über den Fliesenweg, der von dem Eingang der Villa zur Gartenpforte führte, kam der Mann im blauen Mantel: Charles Roberts.

Gurlitt ging mit langsamen Schritten auf ihn zu. Jener blickte auf; er blieb betroffen stehen, jenseits der Gartentür. Vielleicht daß er an eine Ähnlichkeit glaubte, vielleicht auch, daß er Gurlitt durch eine gleichmütige Haltung täuschen wollte: er öffnete die Pforte und trat auf die Straße hinaus, im Begriff, an Gurlitt vorüberzugehen.

»Herr Roberts?«

Jener blieb, scheinbar erstaunt, stehen. »Bitte?«

»Wir kennen uns«, sagte Gurlitt. »Mein Name ist Kilian Gurlitt.«

Roberts sah ihm ins Gesicht, regungslos; man konnte nicht erkennen, ob das Verstellung war oder ein Suchen in der Erinnerung – oder aber wirkliche Betroffenheit.

»Wollen Sie leugnen, daß Sie mich kennen?«

Roberts schüttelte den Kopf. »Ich kenne Sie«, sagte er in deutscher Sprache.

Fast aufatmend antwortete Gurlitt: »Ich freue mich, daß Sie keinen Versuch machen, sich der Wahrheit zu entziehen. Sie haben sich mir unter einem falschen Namen vorgestellt.«

Roberts zuckte die Achseln und schwieg.

Gurlitt griff in die Tasche. »Hier ist das Geld, das Sie mir gegeben haben. Damit ist unser Vertrag aufgehoben.« Und indem er, fast ohne es zu wissen, in eine bittende Tonart verfiel, setzte er leise hinzu: »Sie müssen mir meinen Namen wiedergeben, Herr Roberts. Meinen ehrlichen Namen. Ich stehe unter dem Verdacht, einen Mord begangen zu haben. Sie wissen am besten, daß ich unschuldig bin.«

Roberts blickte in seltsamer Versunkenheit die Straße hinunter: dort, wo von den Rasenflächen des Hyde Park das erste Grün des jungen Frühlings schimmerte.

»Sie haben also den Mut nicht gefunden, Ihr Vorhaben auszuführen?« fragte er, mit einem Ton in der Stimme, der wie leise Ironie klang.

»Ich hatte noch in derselben Nacht ein unerwartetes Wiedersehen mit meiner Frau. Das warf meine Selbstmordabsichten über den Haufen.«

»Ich wußte nicht, daß Sie noch am Leben waren.«

Gurlitt sah Roberts an. »Sie wußten es nicht? Wir sind uns in Hamburg begegnet.«

Roberts machte eine unmutige Bewegung. »Also was wünschen Sie von mir?«

»Begreifen Sie das nicht? Alle Voraussetzungen haben sich geändert: ich bin am Leben geblieben. Sie müssen der Behörde mitteilen, daß ich unschuldig bin. Und daß Sie der Täter sind, Herr Roberts.«

Verwundert fragte Roberts:

»Verdächtigt die Berliner Behörde denn allen Ernstes Sie, der Mörder Martinis zu sein?«

In Gurlitts Gesicht stieg die Röte des Zorns auf. »Ich verstehe nicht, was Sie mit dieser Frage bezwecken. Da Sie selbst sich von mir einen Revers geben ließen, in dem ich mich der Täterschaft schuldig bekenne – einen Revers, der an die Adresse der Polizeibehörde gerichtet war ...«

Roberts zog die Brieftasche und entnahm ihr eine Visitenkarte. »Bitte.«

Gurlitt warf einen Blick darauf und fuhr bestürzt zurück. Es war sein Schuldgeständnis.

»Sie haben ... Sie haben diese Karte nicht abgeschickt?«

Eben bog ein Auto in die Hyde Park Gate und hielt in scharfem Finish vor dem Hause Nummer sieben.

Zwei Herren stiegen aus, groß, breitschultrig, von jener Ruhe des Gehabens, die das internationale Charakteristikum ihres Metiers zu sein scheint.

»Mr. Roberts ...?«

Der Gefragte sah den beiden ins Gesicht und nickte stumm.

»Der Richter Barry hat Ihre unverzügliche Vernehmung angeordnet.« Damit ging der eine von ihnen zum Wagen und öffnete den Schlag. Roberts schritt langsam, ohne sich umzusehen, auf das Auto zu; der zweite Beamte folgte gleichmütig.

»Herr Roberts!« rief Gurlitt.

Der Beamte wandte sich um. »Was wünschen Sie?«

»Ich habe mit Mr. Roberts Wichtiges zu besprechen.«

»So so. Wichtiges. Wer sind Sie?«

»Sie kennen meinen Namen nicht.«

»Betrifft es die Mordangelegenheit?«

»Ja«, nickte Gurlitt erstaunt.

»Dann melden Sie sich Punkt zwei Uhr bei Richter Barry, Fleet Street, vierte Sektion, Zimmer eins. Dort können Sie alles vorbringen, was Sie auf dem Herzen haben.« Damit stieg der Beamte ein und warf den Schlag hinter sich zu. Der Wagen ratterte in der Richtung nach der City davon.

*

Über dem Korridor, in dem sich zwanzig oder dreißig oder vierzig Menschen drängten, lag bedrückte und ängstliche Spannung. Vielleicht waren die meisten, die hier warteten, lediglich Zeugen, vielleicht standen sie nur an der Peripherie des großen Ringes, der um irgendeinen Dritten kreiste – aber das Bewußtsein, in einen der Fangarme der ungeheuren Justizmaschine gelangt zu sein, gab das Gefühl einer gewissen furchtsamen Solidarität. Aus einem Zeugen konnte im Verlaufe einer kurzen Verhandlung ein Mitbeschuldigter werden; die Dialektik der Anwälte, der Scharfsinn des Öffentlichen Anklägers, die Überlegenheit des verhörenden Richters lauerten wie unsichtbare Schlingen jenseits jener Türen.

Ein paar Männer, deren Interesselosigkeit so sehr betont war, daß man sie ihnen nicht glaubte, schlenderten an den Wartenden vorüber. Ein paar halblaute Fragen, ein kurzes Wenden des Kopfes; unter dem nervösen Lächeln der andern ließen sich zwei, drei, für die besonders Schweres auf dem Spiel stehen mochte, aus der Kristallkugel die Zukunft deuten. Im besonderen: die allernächste Zukunft.

Eben ging einer dieser geheimnisvollen Männer flüsternd an Gurlitt vorüber; der streckte in einem plötzlichen Impuls die Hand aus. Der Aufgeforderte trat bereitwillig näher. Er warf einen forschenden Blick aus dunklen klugen Augen in Gurlitts Gesicht, dann ergriff er mit der Linken Gurlitts Hand und betrachtete sie lange durch ein Glas. Darauf nahm er aus der Tasche eine Kristallkugel, in die er aufmerksam, wie gedankenverloren, hineinblickte; dabei nahmen seine Augen den deutlichen Ausdruck einer andachtsvollen Konzentration an.

»Sie sind in einer schweren Lage«, sagte er endlich flüsternd.

Gurlitt, der dem Mann seine Sache nicht so leicht machen wollte, wies achselzuckend auf die Tür des Verhörzimmers, die auf seinen Eintritt wartete, als ob er sagen wolle: es gehört keine große Sehergabe dazu, diese Weisheit zu verkünden. Janna, die an seiner Seite saß, lachte leise auf.

»Die Dinge stehen nicht gut, mein Herr«, fuhr der Weise fort. »Ich sehe einen Mann in einem dunklen Mantel. Er ist groß, breitschultrig; um diesen Mann liegt ein Geheimnis. Sie glauben dieses Geheimnis zu kennen, mein Herr; aber ich muß Ihnen sagen: Sie kennen es nicht. Ich sehe es langsam licht werden in der Tiefe dieses Kristalls. Indessen: diese Helligkeit bedeutet eine grausame Ernüchterung. Und hier ... was ist das ... Blut ... Blut ... Es rinnt ins Meer, das Wasser kommt. Doch hier: ein Schiff ... ein weißes Schiff ... Blumen ... Blumen. Auf diesem Schiff sind Sie, mein Herr; nein, es ist etwas anderes, nicht Sie; aber Ihre Gedanken sind bei diesem weißen Schiff – auf ihm liegt die Lösung aller Rätsel. Sie müssen dieses Schiff, das durch Ihre Träume geht, dieses weiße Schiff ...«

Die Tür des Zimmers eins öffnete sich; der Usher blickte auf den Korridor hinaus und sagte mit monotoner Stimme:

»Die Zeugen in der Sache Roberts!«

Gurlitt und Janna erhoben sich; zugleich mit ihnen ein Dritter: ein sonnenverbrannter, dunkelhäutiger Mann von sehniger Gestalt, mit einer Reisetasche. Gurlitt betrachtete ihn erstaunt. Er steckte dem Wahrsager, der ihm mahnend die Hand auf den Arm legte, ein paar Schillinge zu und ging mit Janna ins Verhörzimmer.

Die Drei traten ein; der Usher wies ihnen ihre Plätze an. Dort drüben, hinter dem Tisch, saß der Untersuchungsrichter mit seinen zwei Sekretären; vor einer kleinen Bank in der Nähe des Fensters lehnte in lässiger Haltung Charles Roberts.

»Wie heißen Sie?« fragte der Richter, die Hand hebend.

»Doktor Kilian Gurlitt aus Berlin.«

Der Richter blickte ins Protokoll. »Ich kann Ihren Namen in den Akten nicht finden. Kennen Sie diesen Mann?«

»Ja. Es ist Charles Roberts.«

»Wissen Sie, welche Angelegenheit es ist, in der hier die Untersuchung gegen ihn geführt wird?«

»Ein Mord, Herr Richter.«

»Stimmt«, sagte der Richter erstaunt. »An wem ist dieser Mord begangen?«

»An Stefan Martini.«

Der Richter blickte auf; auch die beiden Schreiber hoben erstaunt die Köpfe. »An Stefan Martini? Was bedeutet das, Mr. Roberts?«

Der Gefragte trat auf den Richtertisch zu. »Ich weiß es nicht, mein Lord.«

»Der Name Stefan Martini ist mir in der Tat bekannt«, sagte der Richter, indem er sinnend in Gurlitts Gesicht sah, fast als ob er in der Tiefe seiner Gedanken zu lesen versuche. »Wir wissen auch, daß Stefan Martini getötet worden ist. Aber es ist eine andere Angelegenheit, die uns hier beschäftigt. Wer sind Sie, mein Fräulein?«

»Janna Lynd. Auch ich habe in der Sache Martini einige Angaben zu machen.«

»Martini ... Martini ...«, wiederholte der Richter kopfschüttelnd. »Es ist merkwürdig: alle Einzelheiten dieses Prozesses führen auf den Namen Martini zu. Und wer sind Sie?« wandte er sich an den Dunkelhaarigen.

»Ich bin Luigi Summermatter.«

Der Richter nickte. »Richtig. Sie sind geladen. Luigi Summ ... Luigi Summ ...«, er machte eine resignierte Handbewegung und gab den Versuch auf. »Brauchen Sie einen Dolmetscher?«

»Nein, Herr Richter.«

»Wir haben uns heute«, begann der Richter mit erhobener Stimme, »mit der Frage zu befassen: ist Charles A. Roberts, geboren in Hamburg, Deutschland, unter dem Namen Carl Robert, naturalisiert in England am 5. August 1914, anglisiert unter dem Namen Charles A. Roberts, hinreichend verdächtig, den Tod seines Schwiegervaters Willy Soltmann vorsätzlich beziehungsweise fahrlässig verschuldet zu haben? Die Angelegenheit ist erst jetzt ins Rollen gekommen: durch eine Anzeige des Stefan Martini. Das Verbrechen ist im Ausland geschehen; da indessen der Verdächtige englischer Staatsangehöriger ist, so untersteht es der großbritannischen Judikatur. Mr. Roberts: Sie haben zu Protokoll gegeben, daß Sie Ihre Schuld bestreiten. Erhalten Sie diese Behauptung aufrecht?«

»Ja, mein Lord. Ich bin unschuldig.«

Indem er sich an den Sekretär zu seiner Linken wandte, sagte der Richter: »Verlesen Sie den Tatbestand.«

Der Aufgeforderte erhob sich und las langsam mit feierlicher Stimme:

»Am 5. August 1923 morgens um vier Uhr brach der Angeschuldigte, Charles A. Roberts aus London, in Begleitung des Willy Soltmann, Kaufmann aus Hamburg, seines Schwiegervaters, und des Stefan Martini, ohne Beruf, aus Berlin, Deutschland, zu einer gemeinsamen Besteigung des Cimone della Pala in den Dolomiten auf. Martini und Soltmann hatten die Hinzuziehung eines Führers beabsichtigt; Roberts hatte erklärt, man könne die Partie allein machen.«

»Ich bitte um Vergebung, mein Lord!« sagte Roberts. »Die Behauptung, ich sei gegen den Führer gewesen, ist eine Unwahrheit.«

»Welches Interesse sollte Martini haben, Sie eines Verbrechens zu beschuldigen, das Sie nicht begangen haben?« fragte der Richter kopfschüttelnd.

Roberts schwieg.

»Die Besteigung des Cimone della Pala ist außerordentlich schwierig und gefährlich. Die drei Herren waren angeseilt in der Reihenfolge: Soltmann – Roberts – Martini. An einer besonders steilen Stelle glitt der vorangehende Soltmann aus. Im nächsten Augenblick rollte er über den Grat und hing, ein lebendes Gewicht, im Angesicht der Tiefe, hilflos, angewiesen auf den Opfermut seiner beiden Begleiter, namentlich auf den seines Schwiegersohns Roberts, der der Nächstfolgende in der Reihe war. Plötzlich löste sich der Körper des Soltmann vom Seil und stürzte in eine der vielen unzugänglichen Felsspalten, die für die Dolomiten charakteristisch sind.«

Luigi Summermatter machte ein Zeichen, als ob er sprechen wolle; der Richter wehrte ab.

»Während man zuerst an einen Unglücksfall glaubte, wurden nach kurzer Zeit Stimmen laut, die auf Roberts hinwiesen. Roberts hatte ein Interesse an dem Tode seines Schwiegervaters; denn von dem Tage seines Ablebens an war er von der Rente befreit, die er bis dahin an Soltmann gezahlt hatte. Roberts war gegen den Führer gewesen ...«

Roberts machte eine Handbewegung.

»Damit schließt das Protokoll«, sagte der Richter. Der Sekretär setzte sich.

»Und hier, als belastendstes von allen Indizien, der Strick; Stefan Martini hat ihn zusammen mit seiner Anzeige dem Gericht übersandt. Der Angeschuldigte, Charles A. Roberts, behauptet, daß sich der Strick durch das Gewicht des überhängenden Körpers an der scharfen Kante des Grats zerfasert und zerrieben hat, bis die letzten Fasern nachgaben. Zu dieser Behauptung steht der Befund des Stricks im Widerspruch: er ist zweifellos mit einem Messer durchschnitten worden. Danach läge unter Umständen kein fahrlässiger, sondern ein beabsichtigter Mord vor. Wobei ich die schwierige und verhängnisvolle Situation, in der sich der Angeschuldigte befand, selbstverständlich nicht übersehen will. Vielleicht blieb Roberts keine Wahl mehr, vielleicht erkannte er nach langen, vielleicht stundenlangen vergeblichen Bemühungen, daß er seinem Schwiegervater nicht helfen könne. Vielleicht spürte er, daß seine Kräfte ihn verließen und daß er in den nächsten Minuten mit Soltmann zusammen in die Tiefe stürzen würde – dies alles ist nicht ausgeschlossen, aber es ist Aufgabe der öffentlichen Verhandlung, nicht der Voruntersuchung, diese Einzelheiten festzulegen. Es bleiben also zwei Möglichkeiten: entweder überlegter Mord – oder fahrlässige Tötung in der Erkenntnis, daß sein eigenes Leben in Gefahr sei, wenn er nicht das Seil durchschnitt, das ihn an den Todgeweihten fesselte.«

Roberts trat vor. »Darf ich sprechen?«

»Sie dürfen alles vorbringen, was zu Ihrer Entlastung dienen kann. Ebenso muß ich darauf aufmerksam machen, daß jedes Sie belastende Wort, das Sie sprechen, in der Hauptuntersuchung gegen Sie verwandt werden wird.«

»Es wird Ihnen selbst aufgefallen sein, mein Lord,« begann Roberts, »daß in der Erklärung des Martini von dem Dritten bei dieser Bergtour kaum die Rede ist: nämlich von Martini selbst. Wenn die Dinge sich so abgespielt haben sollten, wie Martini behauptet – warum die Sprache der Indizien statt der Worte eines Menschen?«

Der Richter hob die Hand. »Martini hatte sich erboten, nach London zu kommen und seine Aussage an Ort und Stelle zu machen. Der Mord, der an ihm verübt worden ist – der Mord, Herr Roberts! – hat ihn daran gehindert. Es ist der zweite in dieser Tragödie, Herr Roberts! Und fast sieht es so aus, als ob der erste den zweiten zwangsläufig im Gefolge gehabt hätte.«

»Ich muß,« fuhr Roberts, der den Argwohn der Anwesenden fühlen mochte, mit leiser Stimme fort, »ich muß ein paar Worte über Martini sagen. So schwer es mir fällt, über einen Toten Schlimmes zu sprechen – hier, im Angesicht einer Kette von Verbrechen, die an mir begangen sind – an mir, Herr Richter! – muß alle Rücksicht schweigen. Rund heraus gesprochen: Martini hat sich fünf Jahre lang wie ein Vampir an mich geheftet. Er hat gedroht, er ist mir nach London gefolgt. Er hat mir Briefe gezeigt, fertig geschrieben, frankiert, postbereit, immer mit dem einen einzigen Inhalt: Charles Roberts ist ein Mörder. Und ich – ich habe gegeben und gegeben. Ich habe mich einschüchtern lassen ... ich habe fast mein ganzes Vermögen geopfert; ja, ich habe meine Frau verloren, die ich liebte, die den Einflüsterungen dieses ... dieses ... ich finde das Wort nicht, Herr Richter, das einen solchen Menschen bezeichnen könnte.«

»Es sieht nicht eben nach einem guten Gewissen aus, Mr. Roberts, daß Sie jahrelang den angeblichen Erpressungen Martinis nachgegeben haben.«

»Sie müssen mich begreifen, mein Lord. Er war der einzige Zeuge; mit seiner Aussage war ich verloren – oder rehabilitiert. Ich kann im übrigen seine Erpressungen beweisen.«

»Es ist möglich,« der Richter blickte hinüber zu Gurlitt, der aufmerksam, klopfenden Herzens, der Vernehmung gefolgt war – »es ist möglich, daß dieser Martini ein Schuft gewesen ist. Aber ich muß Ihnen dazu bemerken: das beweist keineswegs, daß Sie das Verbrechen nicht begangen haben. Wie hat sich das Drama also nach Ihrer Behauptung abgespielt?«

»Fast so wie Martini es darstellt; dennoch mit einer ganz kleinen Abweichung. Martini wurde ohnmächtig; ich hatte keine Hilfe von ihm. Erst als das Unglück geschehen war, konnte ich mich zu ihm hinübertasten und ihn wachrütteln. Dann stiegen wir zusammen ins Tal nieder. Im Verlaufe des Abstiegs merkte ich, daß meine Nerven mich im Stich ließen. Martini aber wurde, je mehr wir uns dem Tal näherten, frischer und zuversichtlicher. Damals glaubte ich: der Gedanke, mich trösten, mich stützen zu müssen, war, was ihn munter machte; heute begreife ich, daß ihm während des Abstiegs der Gedanke gekommen ist: hier winkt ein reicher und müheloser Lohn. Er nahm mir behutsam alles ab, was mich belastete: das Tau, den Rucksack, mein Bergmesser. Sie werden es begreifen, daß ich angesichts der furchtbaren Katastrophe vergessen habe, diese Dinge von ihm zurückzufordern. Das Messer hat er meiner Frau geschickt, als scheinbar belastendes Indizium; das Seil aber, das verhängnisvolle, unglückselige Seil muß er präpariert haben: indem er die Fasern abgetrennt und eine Schnittfläche künstlich hergestellt hat. Dieses Tau, Herr Richter, das vor Ihnen auf dem Gerichtstisch liegt, ist in der Tat mein eigenes – aber es ist mit dem Merkmal eines Verbrechens versehen worden, das niemals begangen worden ist ... Ich hatte beim Gericht den Antrag gestellt, einen unparteiischen und sachverständigen Mann aus Cortina d'Ampezzo, am besten einen erfahrenen Dolomitenführer, zu beauftragen, den Spuren jener Katastrophe nachzugehen. Denn alles, was das Gericht bisher weiß, stammt aus den Bekundungen jenes Martini – eines Mannes, der, das werden Sie mir zum mindesten glauben, mein Lord, ein Interesse daran hatte, gegen mich einen gefährlichen Verdacht hervorzurufen – denn dieser Verdacht brachte ihm jährlich ein Vermögen. Das Gericht hat meine Vorschläge wohlwollend geprüft – es selbst hat durch Vermittlung der italienischen Behörden Nachforschungen anstellen lassen. Nun – der Mann, der jede Einzelheit der Katastrophe vom 5. August 1923 nachgeprüft hat, ist erschienen. Ich bitte, Herrn Summermatter zu vernehmen.«

»Sie sagten mir,« wandte sich der Richter an den Bergführer, der ernsten Gesichts an den Vernehmungstisch herantrat, seine Reisetasche in der Hand, »daß Sie eines Dolmetschers nicht bedürfen. Wo haben Sie Englisch gelernt?«

»Die meisten der Herrschaften, die ich zu führen habe, sind Engländer und Amerikaner. Von ihnen habe ich ihre Sprache gelernt.«

»Hm. Die Präfektur von Cortina d'Ampezzo hat Sie uns als besonders zuverlässig empfohlen, Herr Summermatter; ich will Ihnen nicht verschweigen, daß sie Sie als einen der besten Dolomitenführer bezeichnet. Sie schreibt uns, daß Sie sechzehn Personen das Leben gerettet haben.«

Luigi Summermatter machte eine bescheiden zustimmende Verbeugung.

»Sie haben gehört, um was es sich handelt. Die Dinge spitzen sich auf die letzte und einzige Frage zu: ist das Seil am Grat zerscheuert – oder ist das Seil mit einem Messer abgeschnitten worden? Was haben Sie uns dazu zu sagen?«

Der Führer, auf den sich aller Blicke richteten, nahm das Seil in die Hand und betrachtete aufmerksam die Schnittstelle. Ein paarmal schüttelte er den Kopf.

»Wie lange sind die Herren oben an der Unglücksstelle gewesen?« fragte er.

»Nach den Akten: eine knappe Stunde. Das stimmt doch, Mr. Roberts?«

»Ja.«

»Nun –« Summermatter hielt dem Richter die Schnittstelle des Taues entgegen – »dieses Tau ist so gut wie ungebraucht; die Hanffaser ist sehr fest und sehr sorgfältig gedreht. Wenn Herr Roberts wirklich dieses Tau durchschnitten hat, so ist das eine Arbeit gewesen, die mindestens zwei bis drei Stunden in Anspruch genommen hätte.«

Überrascht sah der Richter auf den Sachverständigen. »Dann hätte also nach Ihrer Meinung Martini Herrn Roberts wissentlich falsch beschuldigt?«

In dem wettergebräunten Gesicht des Führers zuckte es. »Daß Martini Herrn Roberts eines Verbrechens beschuldigt hat, an dem er in Wahrheit unschuldig ist, steht fest. Ich habe nämlich die Leiche des Herrn Soltmann gefunden.«

Der Richter ließ die Hand betroffen auf den Tisch fallen.

»Sie haben ... Sie haben sie gefunden?«

»Und ich habe das Seilende, das um den Körper der Leiche gewickelt war, mitgebracht.« Damit öffnete er die Reisetasche und entnahm ihr ein zusammengerolltes Tau. Indem er dem Richter das eine Ende präsentierte, sagte er:

»Wenn das Seil durchschnitten worden wäre – so müßten beide Seilenden jene glatte Schnittfläche zeigen – sowohl jener Teil, der um den Körper von Roberts gewickelt war – als auch das andere Ende, an dem Herr Soltmann hing. Dieser Teil aber ist zerfasert – er ist von dem scharfen Grat des Bergabhangs zerrieben worden und unter dem Gewicht des dranhängenden Körpers zerrissen. Danach ist es kein Zweifel: Martini hat das Tau nachträglich präpariert; er hat es mit einem Messer so lange bearbeitet, bis es aussah, als ob es von verbrecherischer Hand durchschnitten worden wäre – der Befund des andern Endes aber beweist das Gegenteil. Martini hat Herrn Roberts eines Verbrechens beschuldigt, das er nicht begangen hat – Herr Roberts ist unschuldig an dem Tode seines Schwiegervaters.«

Schweigen legte sich über den Raum. Der Richter betrachtete aufmerksam die beiden Tauenden, die er prüfend gegeneinanderhielt; flüsternd stellte er einige Fragen, die der Italiener halblaut beantwortete. Dann wandte sich Richter Barry zu Roberts herum. »Es ist kein Zweifel, daß der Sachverständige uns die Wahrheit gesagt hat. Danach kann ich die Feststellung treffen, daß Sie, Charles A. Roberts, an dem Tode des Willy Soltmann schuldlos sind.«

Roberts verneigte sich stumm. Janna wandte den Kopf und blickte Gurlitt an, der bleich und verstört neben ihr saß.

»Sie sagen, Mr. Roberts«, begann der Richter von neuem, »daß Sie auf Grund dieser Konstellation in Martinis Hände gegeben waren: Ihr Schicksal stand und fiel mit seiner Aussage. Martini hat von dieser Macht verbrecherischen Gebrauch gemacht – Sie haben sein Schweigen durch ständige Hergabe großer Summen erkauft. Danach ist es keine Frage, daß Sie, Roberts, ein Interesse an Martinis Tode hatten. Martini ist ermordet worden. Ist Ihnen über die Tat oder über den Täter Näheres bekannt?«

Roberts blickte hinüber zu Gurlitt, der ihn aus fieberglänzenden Augen anstarrte. Leise sagte er:

» Nein, mein Lord.«

»Ich muß Ihnen nämlich die Erklärung machen, daß aus Deutschland der Antrag gestellt worden ist, die Untersuchung gegen Sie zu eröffnen: in der Angelegenheit Martini. Nach dem Wortlaut des Strafantrags, der telegraphisch eingelaufen ist, besteht der Verdacht, ich darf wohl sagen: der dringende Verdacht, daß Sie der Mörder Martinis sind.«

»Darf ich sagen, Herr Richter, daß es mir unbegreiflich ist, wer in Deutschland auf den Gedanken gekommen sein könnte, ich sei Martinis Mörder?«

»Der telegraphische Verfolgungsantrag ist unterzeichnet: Janna Lynd.«

»Janna Lynd ...« Roberts blickte hinüber zu der Zeugenbank – »Janna Lynd ... das ist, wenn ich nicht irre, die junge Dame, in deren Gesellschaft ich die Fahrt von Hamburg nach London gemacht habe?«

»Ist es so, Fräulein Lynd?« fragte der Richter.

Janna erhob sich. »Gewiß.«

»Diese junge Dame wußte es durch eine List einzurichten, daß ich dem Schaffner meine Adresse gab.«

Janna nickte und zog Roberts' Visitenkarte.

»Was haben Sie auf die Beschuldigung von Fräulein Lynd zu erwidern?«

»Ich habe mit dem Mord an Stefan Martini nichts zu tun, mein Lord.«

»Herr Gurlitt, bitte machen Sie Ihre Aussage.«

Der Aufgeforderte trat an den Tisch des Richters und sah Roberts in die Augen. »Wollen Sie im Ernst bestreiten, daß Sie mich aufgefordert haben, die Tat auf mich zu nehmen? Daß Sie mir erklärt haben, Sie seien der Mörder?«

»Nein«, antwortete Roberts. »Ich bestreite es nicht, Herr Gurlitt. Ich muß sogar das eine zugeben: ich habe die Absicht gehabt, diese Tat auszuführen.«

»Sie haben diese Absicht also wieder aufgegeben?« fragte der Richter. »Welchen Grund hatten Sie dafür?«

»Der Grund klingt fast ein wenig humoristisch. Es ist mir nicht gelungen, Martini allein zu sprechen. Ich war zweimal in seiner Villa, einmal in seinem Büro. Alle drei Male ließ er mich abweisen. Dann, endlich, drang ich gewaltsam in seine Wohnung ein. Ich traf ihn richtig an – aber er war nicht allein. Er war in Gesellschaft einer Dame.«

»Wo waren Sie, als der Mord geschah?«

»In Hamburg.«

Erstaunt fragte der Richter: »Sie behaupten also, Martini habe noch gelebt, als Sie abreisten?«

»Ich kann es beweisen.«

»Bitte.«

»Hier ist das Ticket der Hansa-Flugverkehrs-Gesellschaft. Der Tod Martinis ist erfolgt in der Nacht vom 13. auf den 14. März. Ich bin am 12. März mit dem Flugzeug nach Hamburg gefahren.«

Der Richter nahm das Ticket in die Hand. »Das scheint zu stimmen. Aber wie wäre es mit der Möglichkeit, daß Sie sich auf diese Weise lediglich ein Alibi verschafft hätten – und daß Sie am nächsten Morgen heimlich nach Berlin zurückgefahren wären?«

»Das Hotel Esplanade wird Ihnen auf Anfrage bestätigen, daß ich am 13. und am 14. März in Hamburg gewesen bin.«

»Danach haben Sie mit Martini über die Angelegenheit, die Ihnen am Herzen lag, überhaupt nicht sprechen können?«

»So gut wie gar nicht; nur mit einigen Worten, die den Kern der Sache nicht berührten.«

»Ersuchten Sie Martini nicht um eine Unterredung unter vier Augen?«

»Gewiß. Aber er lehnte ab.«

»Die Dame, die, wie Sie sagen, in Martinis Gesellschaft war, könnte das bezeugen?«

»Ohne Frage.«

»Wissen Sie ihren Namen?«

»Es war eine junge Künstlerin. Sie hieß: Rose Majewski.«

»Obwohl diese Aussagen noch nicht völlig erwiesen sind,« sagte der Richter, »muß ich dennoch feststellen, daß sie von einer gewissen inneren Wahrscheinlichkeit sind. Wir werden die formalen Beweise selbstverständlich noch einziehen; für heute darf ich Ihnen die Erklärung geben, daß die Verdachtsmomente fast restlos zerstört sind. Ich schließe die Sitzung.«

Gurlitt ging an Janna Lynds Seite hinaus auf den Korridor, mit müden, schweren Schritten. Das Grau der Wände begleitete ihn wie eine eintönige, endlose, trostlose Melodie, aus der es kein Entrinnen gab, die alle Dinge durchtränkte. Eine Tür ging, Tageslicht flutete herein, graues, trübes Londoner Nebellicht; jemand nannte seinen Namen; er blieb stehen, wandte sich um.

»Nun, Herr Gurlitt?« fragte er. »Sind Sie mit mir zufrieden?«

Gurlitt zuckte hilflos die Achseln. »Ich glaube, daß Sie es nicht getan haben, Herr Roberts. Ja, ich bin davon überzeugt. Aber sagen Sie das eine – Sie kennen Martini, Sie kennen die Verhältnisse besser als ich: wer – wer – wer!?«

In Roberts Gesicht trat ein Ausdruck, den Kilian nicht verstand. Es schien, als ob er in Gurlitt hineinblicke; seine Pupillen verkleinerten sich, seine Mienen wurden hart und scharf.

»Fragen Sie mich im Ernst?« sagte er nach einer langen Pause.

Janna mischte sich ins Gespräch. »Sie müssen die Situation des Herrn Gurlitt begreifen. Alle seine Hoffnungen sind zerstört. Er glaubte sich mit dieser Reise nach London rehabilitieren zu können; nun steht er von neuem vor einer schweren, fast unlösbaren Aufgabe. Wenn Sie ihm helfen können – durch einen Rat – durch einen Hinweis – Sie würden ein gutes Werk tun.«

»Soll ich Ihnen wirklich meine Meinung über den mutmaßlichen Täter sagen?«

»Wenn Sie es können – selbstverständlich«, antwortete Janna erstaunt.

»Nun – man pflegt sich die Frage vorzulegen: wer hatte ein Interesse an der Tat? Ich glaube, daß es einen Mann gibt, dem Martini die Frau genommen hatte. Martini war diesem Mann, zum mindesten finanziell, überlegen – und nicht nur das: er hatte die

Macht, der Karriere dieser Frau die entscheidende Wendung zu geben. Diese Frau ist Schauspielerin – sie ist ehrgeizig –, und Martini hielt ein Engagement nach Amerika für sie im Hintergrunde bereit. Ergeben alle diese Dinge, wenn man sie zusammenrechnet, nicht etwa einen guten Grund, diesen Mann aus der Welt zu schaffen?«

Janna trat vor Roberts hin. »Sie halten Kilian Gurlitt für den Täter?«

»Ja«, antwortete er. »Ich halte ihn für den Täter.«

Gurlitt machte eine Bewegung, als ob er sich auf Roberts stürzen wolle; Janna legte ihre Hand mit einer energischen Geste auf seinen Arm.

»Ich werde es so lange glauben,« sagte Roberts, indem er Gurlitt ins Gesicht sah, »bis man mir das Gegenteil beweist.«

»Es wird am klügsten sein, Herr Gurlitt,« mischte sich Janna ein, »wenn Sie diesem Herrn nicht antworten. Heute nicht antworten. Ich glaube aber, Sie können ihm versprechen: daß Sie ihm nichts schuldig bleiben werden: daß er in einer Woche die Antwort erhalten wird, die alles klärt.« Und indem sie Gurlitts Arm nahm, sagte sie, sich noch einmal halb umwendend:

»Ich glaube, daß Sie nicht der Mörder sind. Aber ich glaube, Herr Roberts, daß Sie den Mörder kennen.«

*

Die beiden gingen schweigend nebeneinander her; durch den Hyde Park, über dem das matte Gold der Nachmittagssonne lag; das Spiel der Kinder scholl herüber von den Rasenflächen.

»Was nun?« fragte Gurlitt endlich, indem er stehen blieb.

Sie wies auf das pavillonartige Gebäude zur Linken. »Nun, denke ich, werden wir erst einmal etwas Anständiges essen. Dies kleine Restaurant sieht recht vertrauenerweckend aus.«

»Ich bewundere Ihre Elastizität«, sagte er, während sie am besonnten Fenster Platz nahmen.

Der Kellner erschien; Gurlitt bestellte ein kleines Dinner.

»Ich habe es immerhin ein bißchen leichter als Sie in dieser merkwürdigen Geschichte«, sagte Janna tröstend. »Auf Ihnen lastet ein schwerer Ver-

dacht; das drückt Sie nieder, selbstverständlich. Ich gehe doch sozusagen neben Ihrem Unglück her; wenn ich auch ...«, sie brach verwirrt ab.

»Ich hatte bisher geglaubt,« begann er, »daß unter dem Druck einer schweren Situation die Kräfte wachsen. Ich halte mich nicht gerade für dumm; aber ich merke, wie unter dieser Last alles in mir zusammenstürzt. Sehen Sie: bisher hatte ich einen Kameraden – eine Frau. Sie war die erste, die mich verließ. Jetzt bin ich so grenzenlos allein.«

»Wirklich?« fragte sie, in einem Tonfall, der ihn aufblicken ließ; begütigend legte sie ihre Hand auf die seine.

»Fräulein Janna,« er erschrak selbst bei der vertrauten Anrede, »ich weiß, daß ich Unsinn spreche. Ich habe eine Frau verloren – aber ich habe einen Kameraden gefunden. Ich habe mich versündigt, am Leben, an Ihnen. Sind Sie mir böse?«

Janna hatte ihm während der letzten Worte die Hand unmerklich entzogen; er ergriff sie von neuem und drückte sie.

»Ich möchte etwas mit Ihnen besprechen«, sagte er leise. »Manches, Janna. Sie werden vielleicht erstaunt sein über das, was ich Ihnen sagen will. Vielleicht ungehalten. Ich möchte von Ihnen sprechen.«

Sie schloß die Augen und schüttelte den Kopf mit einem kleinen zärtlichen Lächeln. Aber dann straffte sie sich und sagte, wieder ganz die frühere Janna:

»Ich glaube, es ist besser, wenn wir von Ihnen reden, Herr Doktor Gurlitt. Wir müssen einmal darüber beraten: was wir nun unternehmen wollen.«

Seufzend antwortete er: »Ja. Sie haben recht. Aber wenn ich Ihnen ganz offen gestehen soll: ich habe keine Ahnung, was jetzt zu tun ist. Ich bin glücklich, Janna, daß Sie an meiner Seite sind, daß ich Hand in Hand mit Ihnen meinen Weg gehen darf. Ich habe Sie bewundert, vorher: als Sie Roberts entgegentraten. Sie wären ein ausgezeichneter Anwalt geworden. Jeder Dritte, Nichtinformierte, hätte geglaubt: Sie wären die Anklägerin – und Roberts wäre derjenige, der sich zu verteidigen hätte.«

Der Kellner brachte die Vorspeise und die Cocktails.

»Zweifeln Sie daran, daß Roberts die Wahrheit gesagt hat?«

»Nein«, sagte Janna. »Ich glaube, daß Roberts in der Tat unschuldig ist. Aber ebenso unverblümt habe ich ihm zu verstehen gegeben ...«

»... daß er den Mörder kennen müsse. Ist das Ihr Ernst, Janna?«

»Ich bin überzeugt davon.«

»Wenn er den Mörder kennt ... wenn er also weiß, daß ich unschuldig bin ... welchen Grund kann er haben, jenen zu schonen? Da er weiß, daß ich unter Verdacht bin?«

»Dafür gäbe es immerhin eine Erklärung«, sagte Janna.

»Ich wäre neugierig.«

»Nehmen wir einmal an: der Täter stünde Herrn Roberts näher als Sie.«

»Das wäre ... in der Tat ... Aber dann wäre Herr Roberts, wenn er die Wahrheit kennt und sie verschweigt ...«

»Ich sagte Ihnen schon: vielleicht steht ihm der Mörder sehr nahe.«

Gurlitt blickte auf.

»Sie haben mir von jener Nacht in Hamburg erzählt. Es gibt in Hamburg einen Menschen, der eines Tages die Entdeckung gemacht hat: daß Martini ihn betrogen hat. Dieser Mensch muß nach einer solchen Erkenntnis zum mindesten ein paar Stunden lang vor der Frage gestanden haben: Martini – oder Roberts? Wenn der eine von ihnen am Leben bleiben soll, muß der andere sterben. Und da ihm Roberts näherstand ...«

» Lisette Martini?«

»... so beschloß er bei sich: daß Martini sterben müsse.«

»Lisette ... Roberts Frau?«

»Sie selbst hat Ihnen gesagt, daß sie in Berlin gewesen ist. Daß sie versucht hat, Martini umzustimmen. Daß es ihr nicht gelungen ist. Begreifen Sie, daß die Dinge sich so zugespitzt haben können, daß sie, um sich und ihren Mann zu retten, einen Mord begangen hat?«

»Ja ...«, flüsterte Gurlitt.

Der Kellner erschien mit dem Mutton-Chop.

»Wissen Sie übrigens, daß Ihre Frau in London ist?« fragte Janna plötzlich.

»Léonie ...?«

Seltsam: er fühlte, wie groß in diesen wenigen Tagen die Distanz geworden war, die ihn von seiner Frau trennte.

Janna öffnete die Handtasche und entnahm ihr einen Brief. »Ich habe heute morgen einen Eilbrief aus Berlin erhalten: von meiner Redaktion. Also: die ›Yoshiwara‹ ist heute nacht im Hafen von London eingetroffen. Sie nimmt hier ein paar prominente Passagiere auf, darunter den Prinzen von Battenberg; morgen nacht fährt sie weiter: nach New York. Meine Zeitung ist eingeladen worden, die Fahrt mitzumachen. Kurz und gut: ich bin ausersehen, mit der ›Yoshiwara‹ nach New York zu fahren; hier ist das Ticket.«

»Dann werden Sie mich heute verlassen?« fragte Kilian bestürzt.

»Ich muß Ihnen gestehen, daß ich diese ganze Zeit zwischen der Pflicht gegen meine Zeitung und meiner Pflicht gegen Sie schwanke. Ich fürchte, ich bin im Begriff, eine Dummheit zu machen; denn ich glaube allen Ernstes, ich darf Sie nicht allein lassen. Helfen Sie mir, diese Furcht zu beseitigen.«

»Ich kann Ihnen natürlich im Ernst nicht zumuten, Ihre Redaktion so zu enttäuschen.«

Sie nickte düster. »Andererseits – ich glaube, wenn Sie diese Geschichte allein in die Hand nehmen, wird das Rätsel des Falles Martini nie gelöst werden.«

»Sie scheinen Vertrauen zu mir zu haben.«

»Ich halte Sie für einen sympathischen Menschen, ich glaube, daß Sie Geist haben; aber ich bin der Meinung, daß Sie bei der ständigen Gehirnarbeit verlernt haben, die Dinge anzupacken. Ihnen fehlt der Griff. Darum glaube ich: Sie brauchen eine Frau ...«

»Eine Frau, Janna ...!«

»Ich meine,« Janna errötete wider ihren Willen: »eine Frau, die nicht Ihre Frau ist, die aber, weil sie eine Frau ist ... Kellner, zahlen!«

Der Kellner servierte eilig den Custard und legte die zusammengefaltete Rechnung vor Gurlitt hin.

»Ja«, sagte Janna, während sie dem Marble Arch zuschritten; »wenn Sie also meinen, werde ich doch nach Amerika fahren.«

»Janna!«

»Ich will Ihnen einen Vorschlag machen: wir wollen uns diese Sache bis zum Abend überlegen. Auf alle Fälle, denke ich, wird es sich lohnen, daß wir uns diese ›Yoshiwara‹ einmal ansehen. Costa ist an Bord; es wird Sie auf andere Gedanken bringen, wenn Sie ihn wiedersehen; Léonie ist an Bord; über diesen Punkt möchte ich nichts sagen. Da kommt eine freie Taxicab. Chauffeur! Zum America-Dock, Dampfer ›Yoshiwara‹!«

*

Das schimmernde Schiff lag, ein weißer fremder Vogel, mitten unter den rußgeschwärzten Ozeanfahrern des Londoner Hafens. Das Dock war voll von Neugierigen, die sich keine Einzelheit dieser kleinen Sensation entgehen ließen; selbst das Wasser wimmelte von kleinen Jollen. Fast schien es, als ob die Londoner ein bißchen Neid empfanden, daß ihnen die Deutschen mit der Idee eines solchen Luxusdampfers zuvorgekommen waren.

Fünf Reihen leuchtender Fenster bezeichneten fünf Stockwerke, erfüllt von Glanz und Duft. Die Vorhalle, von der sich die Treppe abzweigte, war ein Blumengarten; das sonnenartige Licht der Glühlampen warf funkelnde Reflexe durch das Grün der Blätter, durch das Rot, Gelb und Weiß der Blumen. Dieser Dampfer schien eine letzte Bejahung der Lebensfreude zu sein, der entscheidende und endgültige Sieg menschlicher Kultur, die der Gefahren des Ozeans spottete, die eine kühne Gedankenbrücke geschlagen hatte zwischen West und Ost.

Janna und Gurlitt gingen die Treppe hinauf, die zum Promenadendeck führte.

»Kilian!«

Es war Costa; er begrüßte den Freund mit aufrichtiger Freude. »Wie geht es dir, Kilian? Und Sie, Fräulein Lynd? Sie in London ...? Sie in Gesellschaft Kilians? Wie steht deine Angelegenheit, Kilian? Die Sache mit Martini? Ich las in der ›Stunde‹ große Artikel, ich glaube, die ›Stunde‹ ist sehr auf deiner Seite.« Er wandte sich zu Janna herum, und ein plötzliches Lächeln ging über sein Gesicht. »Jetzt begreife ich: Fräulein Janna Lynd, Chefredaktrice der ›Stunde‹, Tochter des Verlegers, des Zeitungskönigs Lynd, in besonderer geheimer Mission unterwegs, um den Fall Martini aufzudecken; Spur

führt nach London; das Rätsel steht vor seiner Lösung.«

»Ich hoffe, daß Sie recht haben, Herr Costa«, sagte Janna lächelnd.

»Kommt aufs Promenadendeck, ich zeig' euch alles. Die Herrschaften sind beim Dinner. Wie ist es übrigens: habt ihr schon gegessen?«

»Alles erledigt«, sagte Janna.

»Das trifft sich ausgezeichnet; dann können wir uns oben ein bißchen ergehen.«

Die Treppe war fast menschenleer; nur ein paar eifrige Stewards begegneten den dreien.

»Wo ist Rose?« fragte Gurlitt.

»Im Speisesaal. Mit Léonie ... Mit deiner Frau, wollte ich sagen. Die beiden haben sich angefreundet.«

Janna blickte zur Seite, in Gurlitts Gesicht; es blieb unbeweglich.

Die drei traten, vorüber an dem Fahrstuhleingang, hinaus auf das Promenadendeck. Der Blick war begrenzt, die Docks des Londoner Hafens säumten den Horizont. Lichter, rote, grüne, schaukelten im Wasser, blitzten an den Rahen der Dampfer; durch diesen ganzen ungeheuren Komplex schien ein geheimnisvolles und heißes Leben zu fließen.

Am Stern des Dampfers ging eben ein Herr vorbei. Er sah aufmerksam zu den dreien hinüber. Costa grüßte und blickte jenem nach; er ging die Treppe zur Kapitänskajüte hinauf.

Janna und Gurlitt sahen sich an; wieder blickte Gurlitt hinüber zu dem Fremden.

»Weißt du, wer das war?« fragte Costa. »Der Besitzer der ›Yoshiwara‹.«

»Wie heißt er?«

»Er ist ein Deutscher, aber er ist in England naturalisiert. Er hat ein Faible für mich, glaube ich. Er wollte ursprünglich mit seiner Frau die Reise nach Amerika mitmachen; aber er muß geschäftlich nach Deutschland. Jetzt fährt sie allein. Übrigens: eine der schönsten Frauen, die ich je gesehen habe, Kilian. Ich gestehe dir ganz offen: ich habe mich auf den ersten Blick in sie verliebt. Das ist auch der Grund – dir kann ich's ja sagen –, warum Rose allein im Speisesaal sitzt, allein mit Léonie: wir haben uns wegen dieser Frau Lisette Roberts ein bißchen gezankt.«

»Was sagst du da –«, Gurlitt packte Costas Arm – »wie heißt der Besitzer? Wie heißt seine Frau?«

»Habe ich dir das noch nicht gesagt? Er heißt Charles A. Roberts; seine Frau, übrigens eine Hamburgerin, steht als Lisette Roberts in der Passagierliste, ich habe sofort nachgesehen. Jetzt fährt sie mit nach New York. Kilian, das wird großartig!«

»Lisette Mar ... Lisette Roberts ist an Bord der ›Yoshiwara‹?«

»Mein Gott, ja! Du bist auf einmal so schwer von Begriff! Ihr müßt mich übrigens entschuldigen – wir haben heute abend das große Konzert, weißt du! Wir wollen den Londonern ein bißchen imponieren. Deine Frau wirkt übrigens auch mit. Ihr könnt ruhig bis Mitternacht an Bord bleiben; wir sehen uns also noch.« Und fort war er.

Die beiden standen und sahen Costa nach, der lachend zurückwinkte.

»Soll ich Ihnen gestehen, was mir in diesem Augenblick durch den Kopf geht?« fragte Janna. »Die Prophezeiung jenes Wahrsagers.«

»Ich pflege sonst über derartige Dinge zu lachen«, nickte Gurlitt. »Aber Sie haben recht. Ein Geheimnis ... dessen Lösung auf einem weißen Schiffe liegt.«

»Lisette Roberts«, murmelte Janna Lynd. »Ich glaube, es wird am klügsten sein, wenn ich auf der ›Yoshiwara‹ bleibe. Wenn ich die Fahrt nach Amerika mitmache. Und wenn Sie, Herr Doktor Gurlitt, sich schleunigst ein Ticket besorgen.«

»Ja«, sagte Gurlitt. »Ich werde mir telegraphisch von Berlin Geld anweisen lassen.«

Sie nickte. »Hier wird irgendwo ein Telegraphenamt sein; lassen Sie sich's vom Obersteward sagen. Ich werde inzwischen versuchen, diese Frau Lisette ausfindig zu machen.«

Sie gingen zusammen um das Promenadendeck herum. Es füllte sich langsam mit Passagieren, die aus dem Speisesaal zurückkehrten.

Eben trat aus einer der kleinen Türen eine Dame im Fehmantel, die bei seinem Anblick erschrocken stehen blieb.

Es war Léonie.

»Kilian ...!« sie sah ihm verwirrt ins Gesicht; in offenkundiger Verlegenheit hob sie zögernd die Hand; dann wandte sie den Kopf und blickte zu Janna hinüber, die an ihr vorbeisah.

»Hast du gute Nachrichten, Kilian?«

»Ich denke, daß sich alles klären wird. Auf der ›Yoshiwara‹. Fräulein Lynd wird mir helfen.«

»Du fährst mit nach New York?«

»Ja. Wir fahren zusammen.«

»Du mußt mir alles erzählen, Kilian. Wenn es wirklich so wäre – wenn Fräulein Lynd es fertigbrächte, dich zu rehabilitieren – wir beide würden ihr ewig dankbar sein. Gell, Kilian?«

Er wollte antworten; aber irgend etwas lenkte seinen Blick ab. Er wußte im Moment nicht, was es war, die Überraschungen jagten sich zu sehr; aber dann, als er hinübersah auf die Gangway, erkannte er: dort stand Roberts im Gespräch mit zwei Herren; alle drei blickten zu ihm hinüber.

»Ich muß auf eine Stunde an Land«, sagte er; »ich hoffe dich heute abend, auf dem Konzert, zu hören.«

»Wie formell er mich behandelt«, schmollte Léonie lächelnd, indem sie Janna herausfordernd anblickte. Aber Jannas Aufmerksamkeit war abgelenkt: sie sah Gurlitt nach, und ihre Augen glitten hinüber zu den drei Herren, die ihm gespannt entgegenblickten.

Eben wollte Gurlitt den Fuß auf die Gangway setzen, als die zwei auf ihn zutraten; Roberts blieb an die Reeling gelehnt stehen.

»Ihren Paß, bitte!«

Gurlitt zog das Büchelchen. Die beiden durchblätterten es aufmerksam.

»Dieser Paß lautet auf Sidney Spencer aus Manchester.«

»Ja.«

»Sie führen diesen Namen und diesen Paß zu Unrecht. Sie sind der Schriftsteller Kilian Gurlitt aus Berlin. Wollen Sie es bestreiten?«

Kilian warf einen Blick auf Roberts, der ihm unverwandt ins Gesicht sah; er drehte den Kopf; wenige Schritte von ihm stand Janna Lynd, schweigend, in ängstlicher Erwartung. Léonie war verschwunden.

»Ich bestreite es nicht«, sagte er ruhig. »Ich bin Kilian Gurlitt.«

»Warum führen Sie einen falschen Paß?« fragte der zweite Beamte.

Gurlitt zuckte die Achseln. »Ich möchte darüber nichts sagen.«

»Dann werde ich es Ihnen erklären: Sie reisen unter einem fremden Namen, weil Sie unter Mordverdacht stehen. Die deutsche Behörde sucht Sie.«

»Das ist nicht wahr. Die deutsche Behörde weiß gar nicht, daß ich in London bin.«

Der Detektiv zuckte die Achseln. »Es steht Ihnen frei, in Scotland Yard Protest einzulegen. Wir haben Auftrag, Sie festzunehmen. Ihre Auslieferung nach Deutschland ist beantragt.«

Janna trat näher. »Dieser Herr ist schuldlos. Ich bürge für ihn. Es ist wahr, er steht unter einem schweren Verdacht. Aber er ist eben im Begriff, alles aufzuklären. Durch seine Verhaftung zerstören Sie alles.«

»Es tut mir leid«, sagte der Beamte. »Wir müssen uns an unsere Instruktion halten.«

Die beiden gingen, Gurlitt in ihrer Mitte, zur Gangway. Plötzlich wandte Gurlitt sich um und ging auf Janna zu. Was alles gemeinsame Erleben nicht vermocht hatte – diese letzte unerbittliche Wendung des Schicksals gab den Dingen die letzte Klarheit: Kilian schloß, ungeachtet der beiden Männer, Janna in seine Arme; Janna zog seinen Kopf zu sich nieder und küßte ihn. »Mut!« sagte sie leise. »Ich rette dich.«

Einer der Beamten räusperte sich. Gurlitt nickte und wandte sich um, der Gangway zu.

Niemand von den Umstehenden begriff, was hier vor sich ging. Niemand außer Roberts.

Er stand, regungslos an die Reeling gelehnt. Janna ging langsam an ihm vorüber und maß ihn mit einem feindselig fragenden Blick. Er sah ihr unverwandt ins Gesicht; wie unter dem Zwang ihrer Augen griff er nach dem Hut; aber er ließ den Arm unentschlossen wieder sinken und zuckte hilflos, fast traurig, die Achseln.

VII.

Die strahlende Frühlingssonne versank fern drüben hinter den grünen Höhenzügen der Insel Wight. Das weiße Schiff war der Brandung von Brighton entronnen; nun glitt es, in der sanften Dünung sich graziös wiegend, den Kanal hinunter, vorüber an den Schlössern der englischen Küste; fern drüben dämmerte ein grauer Streifen Landes: Frankreich.

Janna lag in ihrem bequemen Liegestuhl, ein wenig gesondert von der langen Reihe der Rastenden, zur Seite Lisette Roberts. Stewards gingen vorüber, mit Tabletts, auf denen verheißungsvolle Dinge blinkten. Aus dem Schiffsinnern kam leises Quinquilieren.

»Der erste große Ball«, sagte Janna. »Ich freue mich sehr darauf.«

Lisette Roberts warf einen Blick auf die schimmernden Kreidefelsen dort drüben, auf denen der Reflex der Sonne lag. »Der Prinz von Battenberg soll bis drei Uhr mit Léonie Storm musiziert haben.«

Janna lachte. »Dabei fährt er nach Amerika, um sich eine Gould zu holen.«

»Ich glaube, sie macht sich nichts aus ihm«, sagte Lisette. »Wenigstens habe ich beobachtet, daß sie kein Auge von Alfons Costa verwandt hat.«

»Er ist ein schöner Mann,« nickte Janna, »und seine Musik ... sie hat ihm eine Karte hinaufgeschickt, ich sah es zufällig: mit einem Verzeichnis ihrer Lieblingsstücke. Er hat sie gehorsam gespielt.«

Lisette zog fröstelnd die Decke höher; schon kam ein Steward herangestürzt, ihr zu helfen. »Ich danke«, sagte sie mit ihrem sicheren, immer ein wenig distanzgebietenden Lächeln. »Es geht schon. Ich möchte heute nicht zum Dinner gehen«; Lisette blickte den Herren nach, die eilig zur Halle drängten. »Ich pflege vor dem Tanzen so gut wie nichts zu essen. Haben Sie die Speisekarte gesehen? Sie fängt an mit Mulligatawny-Suppe und führt über Boiled Redsnapper und Mousse Dumplings of Capon à l'Alexandra und Chicken en Casserole über zwanzig verschiedene Süßspeisen zum Käse, zum Obst und zum Dessert; nein, ich ziehe es vor, heute zu fasten.«

Janna warf einen schnellen Blick in das Gesicht ihrer Nachbarin. »Merkwürdig,« sagte sie, »genau denselben Gedanken habe ich gehabt. Ich denke, man nimmt zum Abendessen eine Tasse Tee und etwas kaltes Fleisch.«

Zwei junge Damen gingen vorüber, mit dem federnden Schritt der Amerikanerin. Sie grüßten lachend zu den beiden hinüber und gingen dann die Treppe hinauf, die zum Sonnendeck führte.

»Die machen es genau so wie wir«; Lisette folgte ihnen mit den Augen; »haben Sie übrigens gesehen: die kleinere von den beiden, Miß Thornycroft, hat dem bulgarischen Attaché gestern zweimal einen Korb gegeben. Das scheint mir sehr verdächtig.«

»Wieso verdächtig?«

»Nun, das ganze Schiff ist überzeugt, daß Miß Thornycroft auf diese Weise die Täuschung hervorrufen wolle, sie habe nichts mit dem Attaché, während das ganze Schiff weiß, daß sie erst heute morgen um fünf Uhr in ihre Kabine zurückgekehrt ist.«

»Vielleicht hat sie mit ihm eine Mondscheinpromenade gemacht.«

Lisette lachte. »Es ist seltsam, wie ansteckend die ›Yoshiwara‹-Atmosphäre ist. Es sind mindestens fünfzig Frauen an Bord, die an Land sicher die treuesten Gattinnen sind; hier, auf diesem Schiff, sind sie nicht mehr wiederzuerkennen. Ich glaube, hier entflammt sich einer am andern; die Atmosphäre ist mit Erotik geladen.«

»Der Baron Clinchant«, sagte Janna, »hat mir versichert: Léonie Storm sei eine wirklich treue Frau.«

»Das hat er gesagt,« nickte Lisette, »um einen Aphorismus anzubringen. Ich habe gestern über dasselbe Thema mit ihm gesprochen: über Léonie Storm. Der Baron behauptet: wenn eine Frau ihrem Manne treu ist, so ist sie es nicht aus Treue gegen ihren Mann, sondern aus Bosheit gegen den Dritten.«

Eine Dame ging vorüber, Ende der Vierzig, vielleicht älter, vielleicht jünger. Sie war groß, stattlich. Erst bei ihrem Näherkommen erkannte man, daß ihre Gesichtszüge eingefallen, ihre Gestalt hager war.

»Morphium ...«, flüsterte Lisette.

»Es ist eine russische Fürstin.«

Lisette nickte. »Sie hat eine Luxuskabine: Nummer drei. Versuchen Sie, im Laufe des Abends bei ihr Einlaß zu finden; Sie werden einen Anblick haben, den Sie nie in Ihrem Leben wieder vergessen.«

»Darf ich Ihnen etwas bekennen?« fragte Janna lächelnd. »Es wundert mich, daß Sie so unverblümt von diesen Dingen sprechen. Weiß ich doch, daß dieser Dampfer Ihrem Gatten gehört!«

Lisette machte eine kleine Handbewegung. »Werden Sie es mir glauben, wenn ich Ihnen sage: daß dieses Schiff bisher meinem Manne nur Verluste gebracht hat?«

»Ich dachte, die ›Yacht der Sieben Sünden‹ bringt ihrem Besitzer jedes Jahr eine Million.«

»Mein Mann ist offiziell der Eigentümer; aber der Pächter, dem alle Gewinne zuflossen, ist vor kurzem gestorben.«

Janna blickte schweigend an Lisette vorüber; der Name Martini lag unausgesprochen zwischen den beiden Frauen.

Hier war eine Möglichkeit; es galt, geschickt und vorsichtig zu lavieren.

»Kennen Sie den Mann der Frau Léonie Storm?«

Lisette richtete sich auf und sah einen Augenblick zu Janna hinüber. »Den Schriftsteller Kilian Gurlitt?« fragte sie. »Er ist in London verhaftet worden; von Bord dieses Dampfers. Wenn ich nicht irre, waren Sie in der Nähe?«

»Ja«, sagte Janna. Diese Lisette war klüger als sie dachte; zudem hatte sie sichere Nerven: sie ging auf ihr Ziel los. Es war aussichtslos, ihr auf einem Umweg beikommen zu wollen.

»Er ist verhaftet worden unter dem Verdacht, einen Mord begangen zu haben.«

»Ich hörte es. Er ist bestimmt unschuldig. Aber die Konstellation der Dinge ist gegen ihn. Ja, ich möchte sagen, wenn ich nur die Sache kennen würde und nicht die Person: ich würde ihn vielleicht für den Täter halten.«

»Sie kennen ihn also näher?«

Janna richtete sich halb auf und sagte langsam: »Ja, Frau Roberts. Ich habe mich mit dem Fall ... nun, sprechen wir es schon aus: mit dem Fall Martini befaßt. Ich kenne alle Einzelheiten.«

»Sie wissen auch, daß mein Mann vorübergehend unter Verdacht gestanden hat?«

»Ja.«

»Und halten Sie ihn für den Täter?«

»Nein. Aber ich glaube, daß er uns wichtige ... daß er Doktor Gurlitt wichtige Dienste leisten könnte; denn ich glaube, daß Herr Roberts den Mörder kennt. Vielleicht ist es eine glückliche Fügung des Schicksals, daß wir miteinander, unter vier Augen, über diese Dinge sprechen können. Gurlitt leidet unter einem furchtbaren und entehrenden Verdacht – der ungerechtfertigt ist. Wenn Roberts reden würde, so wäre Gurlitt gerettet.«

»Aber warum sollte mein Mann nicht sagen, was er weiß?«

»Weil er ... weil er ...«

Eine kleine Pause entstand; die Blicke der Frauen tauchten ineinander.

»Es ist kein Kriminalfall im üblichen Sinne«, sagte Janna leise. »Hier spielen tausend Dinge hinein, die dem Mörder Recht und abermals Recht geben. Ich möchte fast sagen: dieser Mord war eine ethische Tat. Ein Parasit ist vernichtet worden, ein Ehrlicher wurde von seinem Peiniger befreit. Ich habe mit dem Täter – vielleicht ist es eine Täterin, nicht wahr, gnädige Frau? – alles Mitgefühl; ich würde ihn schützen, wenn er sich zu mir flüchten würde. Aber er muß das eine begreifen: daß er durch seine Tat einen Unschuldigen, einen Gehetzten, einen Verzweifelten auf dem Gewissen hat – und er muß seine Tat krönen durch das Geständnis: ich bin es gewesen – jener ist unschuldig. Erst dann, wenn er vor seinen Richter tritt, wenn er gesteht – erst dann hat er sein Werk vollendet. Es ist merkwürdig genug: man kann an diese Dinge nicht mit dem Rüstzeug des Geistes herangehen, nicht mit spitzfindigen Recherchen – man muß, um den Täter zu überführen, an seine anständige Gesinnung appellieren. An sein Herz. An sein Mitleid. Vielleicht darum: weil dieser Täter eine Frau ist.«

Lisette warf die Decke zurück und erhob sich mit einem Ruck. »Fräulein Lynd,« sagte sie mit tiefer, vielleicht traurigerer Stimme, »ich weiß es: Sie halten mich für die Mörderin Stefan Martinis.«

Janna schwieg.

»Ich gebe zu: Sie haben dafür manche Gründe.«

»Sie haben«, sagte Janna leise, »alles getan, um Gurlitts Abreise aus Hamburg zu verhüten. Sie haben ihn mit List festgehalten, bis Herr Roberts abgereist war.«

Lisette nickte. »Begreifen Sie nicht den Grund? Ich hielt Roberts für den Schuldigen. Erst jetzt, in London, habe ich erfahren, daß ihm ein anderer zuvorgekommen war.«

»Roberts hat die Verhaftung Gurlitts in London bewirkt. Welchen Grund kann er dafür gehabt haben, wenn nicht den, daß er jemanden, der ihm näher stand, schützen wollte? Gurlitt hatte ihm nichts getan.«

Lisette zuckte die Achseln. »Ich weiß nicht, ob mein Mann dahinter steht. Ja, ich glaube es nicht. Nur das eine müssen Sie mir glauben: ich habe keinen Anteil an dieser Tat. Ich habe Martini nicht einmal allein sprechen können; unverrichteter Dinge bin ich nach Hamburg zurückgefahren.«

»Sprechen Sie die Wahrheit?« murmelte Janna.

*

Durch die große Halle der ›Yoshiwara‹ flutete Musik, Licht, Tanz. Der Name »Léonie« schwebte unhörbar in den Klängen der synkopierten Musik; alles in diesem Raume schien sich zu einem Reigen um Léonie zu vereinen. Alfons Costa hatte seinem neuen Tango, der eben schmelzend durch den Saal wogte, den Namen »Léonie« gegeben; der Prinz von Battenberg war Léonies Partner.

Janna und Lisette hatten sich während des ganzen Abends nur flüchtig gesehen; es war, als ob eine stumme und drohende Frage zwischen ihnen liege. Der bulgarische Attaché hatte Janna nun schon zum dritten Male zum Tanz aufgefordert; Miß Thornycroft tröstete sich mit dem neuen Star der Metropolitan Oper, dem Tenor Cortoletti.

*

In der Tiefe des Schiffes, in der letzten brodelnden Tiefe, arbeiteten in rotglühender Nacht die chinesischen Heizer: halbnackt, versengt von der unendlichen Hitze, Kinder der Tiefe. Der Raum war, ein einziger glühender Rachen, erfüllt von dem heißen Atem, der durch das ganze Schiff ging; kein Klang von oben drang in diese Unterwelt.

Wang, der Jüngste, ein Kantonkuli Von achtzehn oder neunzehn, hatte den Kopf auf die Schaufel gelehnt. Ein Kamerad stieß ihn an.

»Halloh, Wang! Dein Feuer wartet!«

Grinsend kam ein Dritter hinzu: »Wang träumt von seiner schönen weißen Frau.«

Der Geneckte wandte sich unwillig herum; aber er schwieg.

»Zweimal ist sie hier gewesen«, nickte Li; »zweimal hat sie Wang Grape Fruit gebracht und Zigaretten. Seither ist es aus mit ihm; er träumt nur noch von der schönen weißen Frau dort oben.«

»Sie ist eine berühmte Schauspielerin«, sagte der andere. »Wenn sie wollte, könnte sie uns alle reich und glücklich machen.«

»Heut wird sie nicht kommen, Wang«, Li nahm Wangs Schaufel und stieß sie mit einem Ruck in den Kohlenberg; »da, vergiß dein Feuer nicht; der Oberheizer sieht schon herüber. Heut ist großer Ball dort oben.«

»Warum sollte sie nicht kommen?« knurrte Wang.

»Sie würde sich hier unten ihre feinen Kleider schmutzig machen.«

»Sie wird überhaupt nicht wiederkommen«, sagte ein anderer, der hinzutrat. »Sie hat sich einen Scherz mit dir gemacht. Mit uns. Sie lacht über die armen Chinamänner hier unten; ganz sicher, sie lacht über uns.«

»Sie tanzt«, sagte Wang; »dieses Schiff trägt sie, trägt uns. Was wäre, wenn wir nicht arbeiteten?«

»Dann wären tausend andere da, die es täten«, sagte Li, der Philosoph. »Geh an deine Arbeit!«

»Warum hat sie mir Zigaretten geschenkt?« Wang war von seinen Gedankengängen nicht abzubringen. »Ganz sicher: ich habe ihr gefallen.«

»Hast du nie in deinem Leben einem räudigen Hund einen Knochen zugeworfen? So, Wang, so und nicht anders war es, als sie dir Zigaretten gab.«

»Das ist nicht wahr!« sagte Wang. »Du lügst, du bist neidisch!«

»Wenn sie wiederkommt,« sagte Li, »muß es ihr jemand sagen: daß sie unrecht tut. Das wird sie nicht wollen, die weiße Frau. Sie wird es nicht wis-sen, daß sie ihn unglücklich macht. Was ist ihr ein armer kleiner Chinamann?«

Zugwind kam plötzlich durch den Raum; irgendwo mochte eine Tür gegangen sein: sechzig Chinesenköpfe wandten sich nach oben.

Auf der Wendeltreppe schimmerte es golden; wie gebannt starrten die blassen Gesichter auf das Wunder, das vor ihren Augen Fleisch und Blut wurde. Brokatene Schuhchen, darüber schimmernd, fleischfarben, lockend und verführerisch, seidenbestrumpfte Frauenbeine.

Der Oberheizer trat hinzu; sechzig Paar Arme schaufelten in den Kohlenbergen.

Léonie war die erste, die auf die eiserne Plattform sprang; ihr folgte Miß Thornycroft und noch ein paar der schönsten Frauen aus jener Welt dort oben, getrieben von Neugierde, von einem seltsamen, vielleicht grausamen Kitzel. Alle hatten die Hände voll Zigaretten; eine brachte Sekt. Das Feuer, das aus den Schlünden strahlte, warf dunkelglühende Reflexe auf rosiges Frauenfleisch. Wieder standen die Chinesen betroffen, wie in stummer Verzückung.

Léonie nahm das Wort.

»Komm her, Wang: die schönsten Zigaretten für dich. Und hier, trink ein Glas Sekt; es ist mein Glas; du sollst es behalten, Wang.«

Die andern leerten den Inhalt der Sektflaschen in die Trinknäpfe der Kulis. Der Oberheizer stand grollend daneben; er warf einen finsteren Blick auf den Offizier, der die Frauen geführt hatte.

»Die Ladies machen mir die Kulis verrückt«, sagte er leise.

Der Offizier zuckte die Achseln. »Dies Schiff gehört den Passagieren«, sagte er, wie in einer Art Rechtfertigung.

»Nun, Wang, liebst du mich noch?« fragte Léonie lachend.

Wang antwortete nicht, er starrte nur mit weit aufgerissenen Augen auf die Frau, die vor ihm stand.

»Es gefällt mir hier unten viel besser«, lachte Miß Thornycroft, »als bei den Gents dort oben. »Hier ist unverfälschte Natur!« Sie strich einem der Heizer über den nackten Arm; der Gestreichelte grinste.

»Komm, trink noch ein Glas Sekt, Wang.«

Der Aufgeforderte trank in einem Zuge das Glas leer. Plötzlich warf er sich vor Léonie auf die Knie und küßte ihren Brokatschuh.

Léonie, die die unerwartete Bewegung vielleicht nervös machte – vielleicht daß sie sie falsch deutete, daß sie an eine plötzliche Gefahr glaubte – Léonie machte eine kleine erschreckte Bewegung, die dem Chinesen nicht entging. Er sah den Abscheu, der einen Moment lang in den Augen jener Frau aufblitzte; er begriff vielleicht in diesem einen winzigen Augenblick, daß alle Träume, in die er sich eingesponnen hatte, tief unten in der Hölle dieses Riesenschiffes, vermessener Wahnsinn gewesen waren; daß eine Schar von Auserwählten, von Kindern des Glücks, von lachenden, übermütigen Lieblingen des Lebens, sich damit vergnügt hatte, denen da unten ein Zipfelchen des Glücks zu zeigen – um es ihnen lachend wieder zu entreißen.

Eben füllte Léonie, der die Veränderung in Wangs Gesicht vielleicht nicht entgangen war, das Glas zum dritten Male; sie hielt es ihm hin.

Er stieß es mit einer haßerfüllten Gebärde zurück, daß es klirrend auf den Boden schmetterte.

Der Offizier, der unmutig den Stimmungsumschwung beobachtet hatte – auch die Gesichter der andern Chinesen waren plötzlich finster geworden – sagte:

»Meine Damen: ich muß bitten!«

Die lustige Gesellschaft wandte sich um, grüßte noch einmal mit weißen Armen zurück und entflatterte in die Höhen, aus denen sie gekommen war.

Der Oberheizer blickte ihnen nach; dann spuckte er in weitem Bogen in den Kohlenhaufen und murmelte etwas zwischen den Zähnen, was sie zum Glück nicht hörten.

Die Heizer gingen mit verbissenem Eifer an ihre Arbeit; Wang stand zwischen ihnen; mechanisch nahm er die Schaufel, mechanisch entleerte er sie in den Schlund des Ofens; dann, plötzlich, wie in einem verzweifelten Entschluß, warf er die Schaufel klirrend auf den Boden und stürzte die Treppe hinauf.

»Wang!« rief der Oberheizer ihm nach; er rannte hinter dem Enteilenden her, die Treppe hinauf; aber der Wahnsinn mochte dem kleinen Chinesenjungen Kraft und Schnelligkeit verleihen.

»Holt ihn zurück!« kommandierte der Oberheizer. Zwei Chinesen rannten hinter dem Flüchtling her.

Die Jagd ging durch die volle Höhe des Schiffes, durch Treppen, die an Magazinkammern vorüberführten, vorbei an den Kabinen der dritten Klasse; vorüber an den Treppen der Lagerräume. Immer hatte Wang einen Vorsprung von zwanzig Stufen.

»Wang! Wang!«

Der Flüchtling stieß eine eiserne Tür auf; die frische kühle Luft des Meeres strömte ihm entgegen. Er blieb einen Augenblick stehen, vielleicht um Atem zu schöpfen, vielleicht um einen klaren Gedanken zu fassen. Aber schon hörte er die Stimme seiner Verfolger, die seine Kameraden waren – die dennoch, in diesem Augenblick, nichts anderes schienen als Feinde, als Jagdhunde, die das fliehende Wild zur Strecke bringen sollten.

Er sah zurück; dort unten, in jener letzten Tiefe, aus der es warm und dunstig und schmutzerfüllt heraufquoll – dort unten war die Hölle. Dort war die Fron, das ewige, monotone, verfluchte Leben; keine Brücke war von dort zu hier, von der Tiefe zum Licht; diese eine Bewegung der weißen Frau hatte genügt, ihn alles dies in einem winzigen Augenblick erkennen zu lassen.

Sie kamen heran ...

Wenn sie ihn jetzt ergriffen, war alles vorbei; sie würden ihn herunterschleppen, ein Gegenstand des Mitleids, der Verachtung; ein Galeerensträfling, der an sein Ruder geschmiedet blieb bis an das Ende seines elenden Lebens.

»Wang!«

Der Gehetzte blickte sich um; dann lief er, mit einem letzten verzweifelten Sprung, zur Reeling, schwang sich hinüber; ein kleiner schmächtiger Körper klatschte in das dunkle Wasser des Kanals, das ihn aufnahm, so wie eine Mutter ihr verzweifeltes Kind in die Arme schließt.

*

Léonie, Léonie,
Königin der »Yoshiwara«,
Königin der Sternennacht ...

Das Licht erlosch; das Parquet lumineux glühte auf.

Allmählich ging der gleitende Rhythmus des Tangos in ein gedämpftes Unisono der Geigen über. Die Figuren der Tanzenden warfen gespenstische und huschende Schatten, riesengroß verzerrt, in den Raum. Das Licht wechselte: rot, grün, gelb, blau, weiß; in tausend Facettierungen brach es sich in den Spiegeln an den Wänden.

» Danse Macabre«, flüsterte der Baron Clinchant.

Der Prinz von Battenberg hielt Léonie im Arm. »Königin der Sternennacht«, flüsterte er.

Sie antwortete nicht; sie schien auf etwas zu lauschen, auf irgendeinen Klang, der aus der Ferne kommen mochte. Aus der Tiefe ...

Das Licht flammte wieder auf:

Léonie, Léonie,
Deine blauen Augen strahlen;
Deine blauen Augen lügen;
Léonie, Léonie ...

In diesem Augenblick schien irgend etwas vor sich zu gehen. Ein Hauch vielleicht, ein Wort, eine unsichtbare Welle; aber Léonie, geschärften Sinnes, empfänglich für das Ungesagte, wußte es: daß hier das Schicksal an die Tür pochte.

Die Musik setzte ein zu einem neuen Fortissimo ...

In diesem Moment erlosch plötzlich das Licht.

Ein paar mochten hier eine neue raffinierte Wendung vermuten: sie applaudierten. Aber jemand rief dazwischen: »Ruhe!« Die Musik, die verwirrt abgebrochen hatte, setzte mit einem flotten Onestep ein.

Warum spielte man die Melodie nicht zu Ende?

»Licht!« schrie jemand, und in hundertstimmigem Echo wiederholte sich der Ruf: »Licht!«

Merkwürdig: der Ruf verhallte – der Saal blieb dunkel.

Immer noch dominierte das Bewußtsein der absoluten Sicherheit, das Gefühl, daß an dieser Stätte der Lebensfreude für Gefahr kein Platz sei. Die Nischen des Saals füllten sich, es füllten sich die kleinen lauschigen Zimmer, die an der Peripherie der Halle entlangliefen. Zärtliche Liebesworte irrten durch das Dunkel. Der Prinz flüsterte, Léonie an sich pressend, eine verliebte und leidenschaftliche Bitte. Sie gehorchte ihm fast wider Willen. Er zog sie mit sich in das kleine Rokokozimmer zur Rechten.

Aber in diesem Augenblick geschah es:

Eine Tür ging; ein Mann trat ein, auf den das Licht einer spärlichen Notlampe fiel: ein Mann in Schiffsuniform. Er sagte: die Herrschaften möchten verzeihen, es sei kein Grund zur Besorgnis; es werde ein paar Minuten dauern, bis das Licht wieder funktioniere; man möge solange mit dem Tanz pausieren.

Der Prinz, plötzlich ernüchtert, sagte: »Hier stimmt etwas nicht.«

»Eine kleine Betriebsstörung«, sagte jemand, der vorübergehen mochte.

»Schon gut, schon gut. Aber warum bittet man uns, nicht zu tanzen? Das sieht nach Gefahr aus.«

Das Wort »Gefahr« schwirrt durch den Raum; es verhundertfacht sich, es bricht sich an den Wänden; einer raunt es dem andern zu: »Gefahr!«

Aber noch hält man alles für eine Art Scherz, für eine Übertreibung, entstanden aus dem Rausch dieser Nacht, aus Laune. Keiner glaubt im Ernst, daß dieses herrliche Schiff etwas anderes bergen könne als Lachen und Glück.

Schon fügt man sich, ein wenig zaudernd vielleicht, doch in der wohligen Wärme, in der weichen, schmeichelnden und sinnlichen Atmosphäre dieses Raums, in das Unvermeidliche. Flüstern steigt auf, mischt sich mit Lachen und Seufzen; zwar – die Musik hat aufgehört, Stille liegt über dem Raum; aber das Schiff gleitet weiter durch die Wasserfluten, über denen man schon das erste silbrige Dämmern zu spüren glaubt. Eine Stunde noch, zwei Stunden vielleicht, dann wird alles vergessen sein, Angst und Beklommenheit; dann wird diese ganze Nacht versunken sein; man wird sich mit einem kleinen Lächeln, einem bißchen Scham vielleicht, zaghaft mancher zärtlicher und schmeichelnder Dinge erinnern; zwei Stunden noch ...

Da aber klingt ein Ton auf, den man nicht begreift; es ist, als ob ein paar Dutzend Menschen miteinander flüstern – es können auch hundert sein; man glaubt ihre Schritte zu hören; es ist so, als ob der Chor in einer Oper summend heranmarschiert; plötzlich hört man ganz lautes Sprechen, und es ist kein Zweifel, daß es näherkommt; und es ist kein Zweifel, daß es die Gefahr ist. Die blanke, nackte Todesgefahr, die an die Pforte klopft. Es hilft nun nichts, man wird den Dingen ins Auge sehen müssen; fünf, sechs Türen öffnen sich zugleich. Es quillt herein; undeutlich erkennt man den asiatischen Gesichtsschnitt der Menschen, die hier, mit nacktem Oberkörper, schweißtriefend, hereinstürmen. Sie tragen etwas in den Händen, es mögen Waffen sein, vielleicht sind es Wurfgeschosse oder auch hie und da aufgegriffene primitive Dinge, die aber sehr wohl genügen können, dem Nächstbesten den Schädel einzuschlagen.

»Halt!« schreit jemand; vielleicht ist es der Prinz, vielleicht ist es einer von den andern Herren der Aristokratie. Aber wieherndes Gelächter antwortet ihm. Zwei, drei Männer gehen langsam auf den zu, der »Halt!« gerufen hat; einer schlägt ihm mit einem Gegenstand über den Kopf. Es kracht, und er schlägt wie ein abgehauener Baum zu Boden. Nun kreischt es auf, Frauen fangen an zu weinen, Männer versuchen gegen die Eindringlinge vorzugehen; plötzlich fällt ein Schuß, man weiß nicht, wer geschossen hat, die Angreifer oder die Angegriffenen. Aber im nächsten Augenblick kracht und blitzt es durcheinander, dreißig, vierzig Schüsse donnern durch den Raum. Irrsinniges Kreischen dringt zur Decke; ein heulender Ton füllt den Saal; die Todesangst schreit in hundert Variationen um Hilfe. Ein paar erreichen die Türen, brechen aus; man will sie zurückhalten. Ein Strom, ein dichter, schwarzer Menschenstrom flutet hinaus.

Plötzlich geht ein Signal durch das Schiff. Die Maschinen stoppen ...

Jemand sagt leise aber akzentuiert, es klingt wie die Feststellung einer interessanten, nicht sehr wichtigen Tatsache:

» Feuer!«

Wieder greift man das Wort auf; »Feuer!« hallt es rollend über das Deck. Nun sieht man, daß aus Fugen und Ritzen des Deckbelags dichter Rauch quillt, und es ist kein Zweifel: die Heizer, die Dämonen der Unterwelt, haben sich empört gegen die weiße Fracht hier oben. Die Dunkelheit ist aufgestanden gegen das Licht; die Hölle gegen den Himmel. Tausendjährige Rachegelüste haben sich explosionsartig entladen, die Chinesen gehen in rasendem Sturm vor gegen alles Weiße, gegen alles Lebendige auf diesem Schiff.

»Hilfe ...!«

Fliehende Füße hasten über die Bohlen; Türen werden aufgerissen, vielleicht sucht man Verstecke, vielleicht gilt es, die Fliehenden einzufangen, sie niederzuschlagen; man weiß nicht mehr, wo Freund, wo Feind ist. Die Tür einer Luxuskabine rollt zurück. In verzückten Stellungen, traumhaft, verzerrt, liegen die Opiumraucher in den Appartements der Fürstin Dolgoruki; jemand stößt mit dem Fuß nach ihnen; wie ein Leichnam rollt der Körper über den Teppich ...

Auf dem Korridor begegnet Janna Alfons Costa – und Rose. Costa ist, merkwürdig genug, aufgelöst in Erregung, in Angst; totenbleich, mit wankenden Knien, schwankt er, in Roses Arm gehängt, vorüber; Janna zieht die beiden in ihre Kabine. Hier bricht Costa zusammen. Nein, das ist kein körperliches Zusammenbrechen mehr; das kommt tiefer, das kommt aus der Seele. Er starrt hinüber zu Rose; sie blickt an ihm vorbei. In beider Augen liegt irgendein Ausdruck, der nichts mehr mit dem zu tun hat, was auf dem Schiff vor sich geht; und plötzlich fährt es Janna durch den Sinn: daß in dieser Stunde, an diesem jüngsten Tag, alles sich scheiden wird, Lüge von Wahrheit, Schuld von Schein.

Schüsse krachen durch das Schiff; der Körper des Dampfers wankt; Hilferufe gellen durch die Korridore, krachende Schläge fallen auf Wehrlose; Heulen, Trampeln, Pfeifen erfüllen alle Räume dieses Schiffs.

»Wir müssen sterben«, flüstert Rose. Janna schweigt. Sie faßt die beiden ins Auge; Costa birgt seinen Kopf in Roses Schoß.

Wieder hört man Geräusche von draußen, die man sich nicht erklären kann. Arbeiten die Pumpen? Verläßt die Besatzung das Schiff? Überläßt sie die »Yacht der Sieben Sünden« widerstandslos den Revoltierenden, die nun als Herren ihren letzten Sieg feiern?

»Wir sinken«, sagt jemand; und man weiß nicht, wer von den Dreien das Wort gesprochen hat.

Plötzlich springt Costa auf. Er geht auf Janna zu; er nimmt ihre Hände, preßt sie. So mag ein Sterbender, der etwas Schweres auf dem Herzen hat, sich gebärden.

»Ich will alles sagen«, flüstert er; »Sie sollen das Letzte erfahren. Ich weiß, Sie sind ... Sie haben die

Aufgabe übernommen, Kilian zu retten. Nun wohl – Kilian ist unschuldig. Ich bin Stefan Martinis Mörder.«

Janna springt auf. »Sie ...?«

In diesem Augenblick flammt das Licht auf. Es geht fast wie ein Schrei durch das ganze Schiff; wie ein einziger, lautloser, dennoch mit den Nerven deutlich erfaßbarer Schrei; Janna geht zur Tür, öffnet sie ein wenig. In allen Korridoren brennt tröstend, sonnenähnlich, das Licht der Glühlampen; aus den Türen quillt es; die Verängstigten lugen hervor. Ein paar Schiffsoffiziere, ruhig, gebräunt, mit festen Schritten, gehen durch die Gänge. Man erfährt von ihnen, daß die kleine Revolte der Chinesen niedergeschlagen ist; daß alle Gefahr vorüber ist und daß die Herrschaften gebeten werden, in den Tanzsaal zurückzukehren.

» Sie, Costa?« fragt Janna; und sie schiebt die Tür wieder zu.

Costa wirft einen Blick auf Rose. Seltsam, jetzt, in dem neu erwachten Leben, in dem Schein des Lichts, sehen die Dinge plötzlich anders aus.

»Martini war mein Gönner«, keucht er. »Wenigstens hielt ich ihn dafür. Eines Abends, ich weiß selbst nicht recht warum, fuhr ich hinaus zu ihm. Rose war nicht zu Hause ...«

Er blickt auf Rose. Die steht auf, mechanisch; leise öffnet sie die Tür; leise geht sie hinaus.

»Ich fühlte eine Unruhe in mir, die ich mir nicht erklären konnte. Der Hintereingang stand offen; niemand sah mich. Martini erschien; er mochte meine Schritte auf der Diele gehört haben. Er war erstaunt, nervös. Zu meinem Befremden ließ er mich plötzlich stehen, ging hinüber ins Arbeitszimmer.

Da entdeckte ich auf einem kleinen Taburett an der Tür Roses Handtasche ...

Rose bei Martini ...?

Ich öffnete die nächstbeste Tür, ich wußte Bescheid in Martinis Wohnung; es war Martinis Schlafzimmer.

Und dort ... dort stand ein Paravent. Während ich darauf zuging, wußte ich: daß ich Rose dahinter finden würde ...

Die Tür ging auf. Martini blickte ins Zimmer.

Ich stürzte auf ihn zu. Er sah mich an, und in seinen Augen erkannte ich das höhnische Glimmen.

›Ist Rose Ihre Geliebte?‹ fragte ich.

Er antwortete: ›Glauben Sie, um Ihrer schönen Augen willen sind Sie Musikdirektor auf der ›Yoshiwara‹ geworden?‹

Ich wandte mich um. ›Rose ...?‹

Rose blickte zu Boden und fing an zu schluchzen.

Ich trat auf Martini zu, packte ihn bei der Brust. Er rief mir ein höhnendes Schimpfwort zu – ein verächtliches, niederträchtiges Wort – warum soll ich das traurige Wort wiederholen – da zog ich die Waffe. Außer mir vor Wut und Verzweiflung schoß ich ihn nieder.«

Durch die Gänge kam rhythmisches Händeklatschen:

»Costa! Costa!«

Aber schon setzte im Musiksaal von neuem sein Tango ein.

»Und Rose?« fragte Janna.

Costa lehnte die Hand um die Lehne seines Sessels.

»Sie werden kaum begreifen, was ich jetzt sage, Fräulein Lynd: das gemeinsame Unglück hat uns fester aneinander geschmiedet. Ich wußte: sie hat es meinetwegen getan – um mich zu fördern – um mein Glück zu begründen. Sie aber wußte, daß sie die Ursache meiner Tat war. Manche Dinge mögen zwischen uns stehen; aber eins wiegt schwerer als alle andern: wir haben uns lieb.«

Die beiden schwiegen. Leise rieselnd kam durch die Nacht Costas Melodie:

Königin der ›Yoshiwara‹,
Königin der Sternennacht ...

»Und Gurlitt?« fragte Janna leise. »Haben Sie in der ganzen Zeit niemals an Ihren Freund Gurlitt gedacht, der unschuldig für eine Tat litt, die Sie begangen haben?«

Costa stützte den Kopf in die Hand und schloß die Augen. Mit schluchzender Stimme sagte er:

»Immer bin ich drauf und dran gewesen, die Wahrheit zu sagen; aber immer war ein Grund, es nicht zu tun. Schließlich habe ich auf ein Wunder

gehofft, auf ein Wunder, das Kilians Unschuld ent-
hüllen würde – ohne meine Schuld zu offenbaren.«

»Und nun?« fragte Janna.

»Ich werde in Southampton an Land gehen« sagte
Costa, sich aufrichtend. »In Southampton werde ich
alles gestehen.«

*

Der Zug fuhr in die Halle des Lehrter Bahnhofs
ein; Janna stieg aus.

Schon kam Kilian Gurlitt auf sie zu; er ergriff ihre
Hände; er sah ihr in die Augen; dann schloß er sie
schweigend in die Arme.

»Die Zeitungen sind voll von dem Fall Martini«,
sagte er; »und alle sprechen von dir. Deine drahtlose
Depesche von Bord der ›Yoshiwara‹ an die Berliner
Behörde beherrschte zwei Tage lang alle Blätter.«

»Seit wann bist du frei?«

»Sofort nachdem das Deutsche Konsulat
Southampton das Geständnis Costas herübertelegra-
phiert hatte, ließ mich der Richter rufen.«

Sie nahm seinen Arm; das Gedränge der Reisen-
den schob sie dem Ausgang zu.

»Bist du mit mir zufrieden?« fragte sie, ihm zulä-
chelnd.

Er drückte ihren Arm. »Und Costa?« fragte er mit
einem tiefen Seufzer. »Und Léonie?«

Sie gingen eben über die Brücke, dem Tiergarten
zu; das Licht der hohen Kandelaber fiel auf den
frühlingshellen Platz.

»Costa ist in Southampton zusammengebrochen;
er liegt im Hospital; Rose pflegt ihn. Ich fürchte, er
wird nicht davonkommen. Nein, Kilian: ich hoffe
es.«

Aus dem Dunkel des Tiergartens kam der warme
Atem des jungen Frühlings. Das Licht der Lampen
lachte durch das erste Grün; aus den kleinen Zelten
zur Rechten drang der zärtliche Rhythmus des Tan-
zes. Pärchen, untergefaßt, streiften an ihnen vorüber; Janna drückte Kilians Arm fester an sich. In
leuchtenden Schnüren flankierten Bogenlampen die
große Allee; dort, jenseits des Dunkels, verschwammen die Konturen der fernen Stadt in den Schleiern
der Frühlingsnacht.

Kilian Gurlitt mußte an jenen Abend denken, da
er alles dieses mit trostlosem Blick umfaßt hatte: an
jenen Abend, der ein Abschied sein sollte – und der
Auftakt geworden war zu neuer Liebe. Zu neuem
Leben.

»Und Léonie?« fragte Janna leise. »Léonie wartet
auf dich. Nun, da du rehabilitiert bist ...«

Er schüttelte den Kopf. »Nein«, sagte er. »Sie
wartet nicht. Sie weiß, daß ich nicht kommen werde. Daß mein Platz hier ist. An deiner Seite.«

Ende.

HISTORICAL DIAMOND Band 1

Der Attentäter
Roman von Kurt Hans Strobl

HISTORICAL DIAMOND Band 2

Die Seelenverkäufer
Abenteuerroman von Kurt Faber

HISTORICAL DIAMOND Band 3

Jenseits des Äquators
Abenteuerroman von Ferdinand Emmerich

HISTORICAL DIAMOND Band 4

Der Feind aus dem Dunkel
Kriminalroman von Annie Hruschka

HISTORICAL DIAMOND Band 5

Der Tag der Vergeltung
Kriminalroman von Anna Katharine Green

HISTORICAL DIAMOND Band 6

Die Yacht der sieben Sünden
Kriminalroman von Paul Rosenhayn

HISTORICAL DIAMOND Band 7

Das Rätsel von Ravensbrok
Kriminalroman von Hans Hyan

HISTORICAL DIAMOND Band 8

Spreemann und Co
Historischer Berlin-Roman von Alice Berend

HISTORICAL DIAMOND Band 9

Die verlorene Welt
Abenteuerroman von Conan Doyle

HISTORICAL DIAMOND Band 10

Allan Quatermain und der
Zauberer im Zululand
Abenteuerroman von Henry Rider Haggard

HISTORICAL DIAMOND Band 11

Attila - König der Hunnen
Historischer Roman von Felix Dahn

HISTORICAL DIAMOND Band 12

Lizzie Holmes und die
Kristiana-Affäre
Kriminalroman von Sven Elvestad

HISTORICAL DIAMOND Band 13

Der Chinese
Ein Wachtmeister Studer - Krimi von Friedrich Glauser

HISTORICAL DIAMOND Band 14

Allan Quatermain
und die heilige Blume
Abenteuerroman von Henry Rider Haggard

HISTORICAL DIAMOND Band 15

Bomben auf Monte Carlo
Roman von Fritz Reck-Malleczewen

HISTORICAL DIAMOND Band 16

Das Elfenbeinkind
Ein Allan Quatermain Abenteuerroman von Henry Rider Haggard

NATURWISSENSCHAFT, PHYSIK UND ASTRONOMIE

– **Äquivalenz von Information und Energie.** Von: K.-D. Sedlacek

– **Das Gesetz im Zufall:** Wie sich verborgene Gesetzlichkeit manifestiert. Von: Moritz Cantor u. K.-D. Sedlacek (Hrsg.)

– **Der Widerhall des Urknalls:** Spuren einer allumfassenden transzendenten Realität jenseits von Raum und Zeit. Von: K.-D. Sedlacek

– **Einsteins Relativitätstheorie ganz ohne Mathematik.** Spezielle und allgemeine Relativitätstheorie. Von: Prof. Dr. Paul Kirchberger u. K.-D. Sedlacek (Hrsg.)

– **Freizeitvergnügen Sternenhimmel mit bloßem Auge:** Wie man Sternbilder auffindet jenseits ohne Instrumente. Von: Prof. Dr. Paul Kirchberger u. K.-D. Sedlacek (Hrsg.)

– **Phänomen Naturgesetze:** Das Geheimnis hinter den Erscheinungen der Welt. Von: K.-D. Sedlacek

– **Supervereinigung:** Wie aus nichts alles entsteht. Von: K.-D. Sedlacek

– **Die Natur psycho-physikalischer Phänomene.** Erforschung telekinetischer Vorgänge. Von: Schrenck-Notzing, A. u. Klaus D Sedlacek (Hrsg.)

– **Giganten der Physik.** Die Top10-Physiker der Menschheitsgeschichte. Von: Klaus-Dieter Sedlacek (Hrsg.)

– **Der allmächtige Informatiker:** Das Mysterium des Universums. Von Sir James Jeans u. K.-D. Sedlacek (Hrsg.)

– **Der verborgene Mechanismus des Weltgeschehens:** Neue Erkenntnisse über die Gestalten biotechnischer Systeme der Welt. Von: Dr. h. c. Raoul Francé u. K.-D. Sedlacek

– **Der erdgeschichtliche Klimawandel:** Den wahren Ursachen von Klimaschwankungen auf der Spur. Von Wilhelm Bölsche u. K.-D. Sedlacek (Hrsg.)

– **Wege zur physikalischen Erkenntnis.** Meine wissenschaftlichen Selbstbiographie, Reden und Vorträge. Von **Max Planck** u. K.-D. Sedlacek (Hrsg.)

CHEMIE

– **Der Stein der Weisen:** Wie die Alchemie zur Chemie wurde. Von: Wilhelm Ostwald et. al. u. K.-D. Sedlacek (Hrsg.)

– **Durchblick Chemie:** Praktische Grundlagen und Einführung in die anorganische, organische und Biochemie. Von: Prof. Dr. Lassar-Cohn, Prof. Dr. W. Löb, K.-D. Sedlacek

NATUR- UND PHILOSOPHIE

– **Die letzten Ursachen.** Das Buch der Naturerkenntnis. Von: K.-D. Sedlacek

– **Gebundener Wille:** Wie frei ist menschlicher Wille tatsächlich? Von: K.-D. Sedlacek, G.F. Lipps et. al.

– **Jenseits der Erscheinungen:** Erkennbarkeit und Realität der Quantennatur. Von: Prof. Dr. M. Schlick u. K.-D. Sedlacek (Hrsg.)

– **Kleines Wörterbuch der Natur-Philosophie:** 1200 Begriffe, die man kennen sollte, kurz und prägnant. Von: K.-D. Sedlacek

– **Naturphilosophie:** Das Wesen von Naturgesetzen und die Erklärung des Lebens. Von: Prof. Dr. M. Schlick u. K.-D. Sedlacek (Hrsg.)

– **Vereinbarkeit von Religion und Naturwissenschaft.** Von: Kurd Laßwitz u. K.-D. Sedlacek (Hrsg.)

– **Das Konzept des Guten.** Sinnliches Empfinden – Der Ursprung unserer Wertvorstellungen. Von: Klaus-Dieter Sedlacek (Hrsg.)

– **Ist echte Erkenntnis möglich?** Einführung in die Erkenntnistheorie. Von: Prof. Dr. Erich Becher u. K.-D. Sedlacek (Hrsg.)

– **Das individuelle Ich:** Was ist der Kern des Selbstbewusstseins? Von: Th. Lipps u. K.-D. Sedlacek (Hrsg.).

– **Persönlichkeit und Unsterblichkeit:** In welcher Form existiert ein Weiterleben nach dem zeitlichen Ende? Von: Wilhelm Ostwald u. K.-D. Sedlacek (Hrsg.)

– **Die idealistischen Grundwerte unserer Kultur.** Von Johannes M. Verweyen u. K.-D. Sedlacek (Hrsg.)

BEWUSSTSEIN

– **Leben nach dem Leben:** Befreiung des Bewusstseins von den Fesseln der Zeit. Von: K.-D. Sedlacek

– **Quantenbewusstsein.** Von: N. Wrobel u. K.-D. Sedlacek

– **Synthetisches Bewusstsein.** Von: K.-D. Sedlacek

– **Unsterbliches Bewusstsein:** Raumzeit-Phänomene, Beweise und Visionen. Von: K.-D. Sedlacek

LEBEN UND MEDIZIN

– **Leben aus Quantenstaub.** Von: N. Wrobel u. K.-D. Sedlacek,

– **Was ist Krankheit?** Von: N. Wrobel u. K.-D. Sedlacek

– **Bewusstsein und Unsterblichkeit.** Von: C. L. Schleich u. K.-D. Sedlacek (Hrsg.)

– **Die Lebenskraft:** Wie Enzyme, Bewusstsein und quantenbiologische Effekte das Leben regulieren. Von: K.-D. Sedlacek u. N. Wrobel,

– **Die verborgene Ordnung des Weltsystems.** Neue Erkenntnisse über die schöpferischen Kräfte der Natur. Von: Dr. h. c. Raoul Francé u. K.-D. Sedlacek (Hrsg.)

– **Homöopathie und Praxis:** Naturheilkundliche alternative Medizin für den mündigen Patienten. Von: Dr. med. J. Voorhoeve u. K.-D. Sedlacek (Hrsg.)

– Eine andere Sicht auf die Entstehung der sporadischen Form der Alzheimerkrankheit. Von Norbert Wrobel u. K.-D. Sedlacek (Hrsg.)

PSYCHOLOGIE

– Gestalt-Psychologie: Einführung in die neue Psychologie vom Begründer der Gestaltpsychologie. Von: Prof. Dr. Kurt Koffka u. K.-D. Sedlacek (Hrsg.)
– Die ersten Spuren psychischer Erscheinungen: Das psychische Leben von Mikroorganismen – Eine Studie in experimenteller Psychologie. Von Alfred Binet u. K.-D. Sedlacek (Übers.)
– Allgemeine moderne Psychologie: Systematische Einführung in die Wissenschaft psychischer Prozesse. Von August Messer u. K.-D. Sedlacek (Hrsg.).
– Strahlende Kräfte durch positives Denken: Die Wurzeln des Erfolgs und Wege zum Glück. Von Emil Peters u. K.-D. Sedlacek (Hrsg.)

BIOLOGIE

– Wie intelligent sind Pflanzen? Sensationelle Einblicke in die geheime Seite des pflanzlichen Wesens. Von Prof. Dr. phil. Adolf Wagner u. K.-D. Sedlacek

– Über Menschenaffen, Tierseele und Menschenseele: Intelligenzprüfungen an Hominiden. Von Wilhelm Bölsche et. al. und K.-D. Sedlacek (Hrsg.)

GESCHICHTE, VOR- U. FRÜHGESCHICHTE

– Die geheimnisvolle Kultur der alten Kelten. Von Druiden, Fürstensitzen und der Lebensart unserer frühgeschichtlichen Vorfahren. Von Georg Grupp u. K.-D. Sedlacek (Hrsg.)
– Der Alchemist Leonhard Thurneysser: Die Lebensgeschichte des Goldmachers von Berlin. Von Klaus-Dieter Sedlacek (Hrsg.)
– Es begann mit Feuerskraft. Das Werden des Menschen und seiner Kultur. Von Carl W. Neumann u. K.-D. Sedlacek (Hrsg.)
– Gefangen zwischen Eisschollen: Die dramatische Entdeckungsgeschichte der Antarktis. Von Klaus-Dieter Sedlacek (Hrsg.)

RATGEBER FREIZEIT U. REISE

– Kultur erleben mit den Wohnmobil in Frankreich: Vierzig kulturelle Highlights, Park- und Übernachtungspätze sowie Navigationskoordinaten. Von Klaus-Dieter Sedlacek
– Kochbuch für ganze Kerle: Kräftige und Feinschmeckergerichte für Freizeit und Camping. Von K.-D. Sedlacek (Hrsg.)

FORSCHUNGSREISEN U. ABENTEUER

– Meine erste Weltumseglung: Tagebuch einer epochalen Expedition. Von James Cook u. K.-D. Sedlacek (Hrsg.)
– Exotische Reise durch Persien: Abenteuerlicher Bericht aus einer fremdartigen Welt des 19ten Jahrhunderts. Von Pierre Loti u. K.-D. Sedlacek (Hrsg.)
– Mit der Beagle um die Welt: Bericht meiner Forschungsreise zum Galapagos-Archipel. Von Charles Darwin u. K.-D. Sedlacek (Hrsg.)
– Peking-Paris im Automobil: Die legendäre 16.000 km – Rallye 1907. Von Luigi Barzini u. K.-D. Sedlacek (Hrsg.)
– Mein Leben im Tropenparadies: Fünfundzwanzig Jahre in Ceylon – Erlebnisse und Abenteuer. Von John Hagenbeck u. K.-D. Sedlacek (Hrsg.)

FANTASTISCHE WELT
ROMANE UND ERZÄHLUNGEN

Bd. 1: **Parallelwelt-Universum und die Suche nach der Weltformel.** Von: K.-D. Sedlacek
Bd. 2: **Marskolonie Eos: und die verschwindende Realität.** Von: K.-D. Sedlacek
Bd. 3: **Korakar: Geheimnisvolles Leben unter ewigem Eis.** Von: K.-D. Sedlacek
Bd. 4: **Die Spur des Dschingis-Khan.** Von: Hans Dominik, K.-D. Sedlacek (Hrsg.)
Bd. 5: **Atlantis: Die Rückkehr der Götter.** Von: Moriz Hoernes, K.-D. Sedlacek (Hrsg.)

SONSTIGE ROMANE

– Prinz Otto oder Der Phönix und die Freiheit: Roman über Intrigen und Macht, Verrat, Hinterlist und wahre Liebe - vom Autor der 'Schatzinsel' und von 'Dr. Jekyll und Mr. Hyde'. Von: Robert Louis Stevenson, K.-D. Sedlacek (Hrsg.), Vito von Eichborn (Hrsg.)
– Herr der Welt. Von: Jules Verne u. K.-D. Sedlacek (Hrsg.)

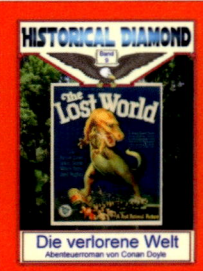
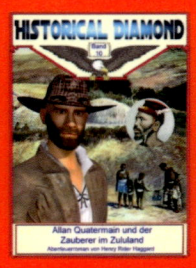
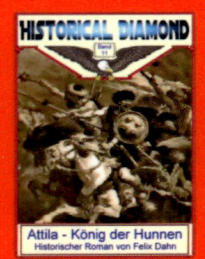

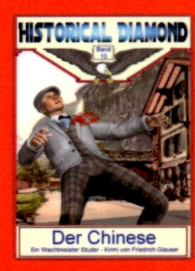

Der Titel „Die Yacht der sieben Sünden" ist der Band 6 in der Buchreihe „Historical Diamond". Der Autor P a u l R o s e n h a y n unternahm nach seinem Jurastudium ausgedehnte Reisen in Europa und Amerika und hielt sich mehrere Jahre in Indien auf. Er schrieb zunächst Beiträge für britische und auch für deutsche Zeitungen. Später veröffentlichte er Kriminalromane, die teilweise großen Erfolg hatten.

In dieser Buchreihe werden die Juwelen bedeutender klassischer Autoren in einer qualitativ hochwertigen, aber preiswerten Buchausgabe in ungekürzter Form neu herausgegeben. Das Themenspektrum umfasst spannende Romane, u. a. historische Romane, Krimis, Fiktion, Abenteuer und Entdeckungsreisen.

ISBN 978-3-7528-8674-0

9 783752 886740

http://klaus-sedlacek.de

HISTORICAL DIAMOND

Band
11

Attila - König der Hunnen
Epischer Historienroman von Felix Dahn